高校人文社科研究论著丛刊
College Treatise Series in Humanities & Social Sciences

弘扬求是精神，打造学术研究精品
提升创新能力，促进学术交流发展

美国小说的发展与创作研究

MEIGUO XIAOSHUO DE FAZHAN YU CHUANGZUO YANJIU

李晓玲 著

中国书籍出版社
China Book Press

图书在版编目(CIP)数据

美国小说的发展与创作研究/李晓玲著.—北京：
中国书籍出版社，2015.9
ISBN 978-7-5068-5159-6

Ⅰ.①美…　Ⅱ.①李…　Ⅲ.①小说研究—美国
Ⅳ.①I712.074

中国版本图书馆 CIP 数据核字(2015)第 223816 号

美国小说的发展与创作研究

李晓玲　著

丛书策划　谭　鹏　武　斌
责任编辑　张　娟　成晓春
责任印制　孙马飞　马　芝
封面设计　马静静
出版发行　中国书籍出版社
地　　址　北京市丰台区三路居路 97 号(邮编：100073)
电　　话　(010)52257143(总编室)　(010)52257140(发行部)
电子邮箱　chinabp@vip.sina.com
经　　销　全国新华书店
印　　刷　三河市铭浩彩色印装有限公司
开　　本　710 毫米×1000 毫米　1/16
印　　张　12
字　　数　220 千字
版　　次　2016 年 6 月第 1 版　2016 年 6 月第 1 次印刷
书　　号　ISBN 978-7-5068-5159-6
定　　价　38.50 元

前　言

美国文学的特点在于一个“新”字。从 17 世纪初北美拓殖开始至今还不到 4 个世纪，从 19 世纪美国文学真正独立到今天还不到 300 年，但是在这短短的几百年时间内，美国文学的发展是十分迅速的，特别是美国小说取得的成就，更是令人惊叹。

美国建国初期，也就是 18 世纪最后二三十年，是美国文学发展的初级阶段，也是美国小说的预备阶段。到了 19 世纪前期，浪漫主义开始在美国兴起，华盛顿·欧文等人成为浪漫主义小说的中坚力量，他们不仅开创了美国的文风，还从内容到形式、从主题到情节，为美国小说创作提供了样板。南北战争以后，美国资本主义经济高度发展，社会贫富差距拉大，拜金主义猖獗，在这样的背景之下，一批有良知的作家开始通过小说来揭露社会的丑恶，于是现实主义小说开始在美国兴起，马克·吐温等人成就了美国小说新的发展高峰。进入 20 世纪后，美国小说的写实传统被进一步发扬光大，对社会的批判与揭露更加尖锐和深刻。第二次世界大战之后，因经济发展与政治形势的变化，美国小说多元化的发展趋势日益明显，现代主义、后现代主义等多种创作手法的运用让美国小说独具特色。同时，南方小说、族裔小说的迅速发展也带来了美国小说的全面繁荣。

为了能够更好地梳理美国小说的发展与创作情况，笔者撰写了《美国小说的发展与创作研究》一书。本书除绪论之外共有八章内容。在绪论部分，笔者对美国小说萌芽阶段的发展情况进行了简单的梳理，同时还对之后的发展情况作了简单的概括，以期让读者对美国小说的发展与创作情况有一个初步的整体认知。在第一章至第八章中，笔者分别对美国浪漫主义小说的发展与创作、美国现实主义小说的发展与创作、美国自然主义小说的发展与创作、美国现代主义小说的发展与创作、美国后现代主义小说的发展与创作、美国“迷惘的一代”和“垮掉的一代”小说的发展与创作、美国南方小说的发展与创作、美国族裔小说的发展与创作进行了研究。在研究的过程中，注重整体梳理，并对每一种类型的代表作家的创作风格在分析作品的基础上进行了概括。

本书在撰写的过程中，参考了很多专家、学者的研究成果，也受到了诸多同行的帮助，在此表示深深的谢意。由于笔者水平有限，时间仓促，书中难免存在疏漏讹误之处，恳请广大读者批评指正。

作　者

2015 年 8 月

目　录

绪论 ………………………………………………………… 1

第一章　美国浪漫主义小说的发展与创作 …………………… 6

第一节　美国浪漫主义小说的发展与创作概况 ………………… 6

第二节　美国文学之父——华盛顿·欧文 ……………………… 7

第三节　民族经历的诉说者——詹姆斯·费尼莫尔·库柏 ……… 13

第四节　心灵世界的探索——纳撒尼尔·霍桑 ……………… 17

第五节　宇宙问题的询问者——赫尔曼·麦尔维尔 …………… 23

第二章　美国现实主义小说的发展与创作 …………………… 28

第一节　美国现实主义小说的发展与创作概况 ……………… 28

第二节　乡土文学的实践者——马克·吐温 ………………… 30

第三节　现实主义文学的奠基者——威廉·迪恩·豪威尔斯 …… 38

第四节　短篇小说之父——欧·亨利 ……………………… 43

第五节　美国悲剧的描绘者——西奥多·德莱塞 …………… 47

第六节　社会黑幕的揭露者——厄普顿·辛克莱 …………… 53

第七节　美国社会的思考者——辛克莱·刘易斯 …………… 56

第三章　美国自然主义小说的发展与创作 …………………… 62

第一节　美国自然主义小说的发展与创作概况 ……………… 62

第二节　自然主义文学的开拓者——斯蒂芬·克莱恩 ………… 64

第三节　人性的思考者——弗兰克·诺里斯和杰克·伦敦 ……… 68

第四章　美国现代主义小说的发展与创作 …………………… 78

第一节　美国现代主义小说的发展与创作概况 ……………… 78

第二节　美国现代主义小说之母——格特鲁德·斯坦因 ……… 80

第三节　现代小说的鼻祖——舍伍德·安德森 ……………… 83

第四节 无情社会的描绘者——多斯·帕索斯 …… 88
第五节 黑色幽默的先驱——纳撒尼尔·韦斯特 …… 92

第五章 美国后现代主义小说的发展与创作 …… 96
第一节 美国后现代主义小说的发展与创作概况 …… 96
第二节 荒诞世界的表现者——托马斯·品钦 …… 97
第三节 复杂人性的挖掘者——弗拉基米尔·纳博科夫 …… 101
第四节 悖论的表现者——约瑟夫·海勒 …… 107
第五节 美国弊病的批判者——埃德加·劳伦斯·多克托罗 …… 111

第六章 美国“迷惘的一代”和“垮掉的一代”小说的发展与创作 …… 116
第一节 美国“迷惘的一代”和“垮掉的一代”小说的发展与创作概况 …… 116
第二节 精神荒原的探索者——欧尼斯特·海明威和弗朗西斯·司各特·菲兹杰拉德 …… 117
第三节 在路上的流浪者——杰克·凯鲁亚克 …… 127

第七章 美国南方小说的发展与创作 …… 132
第一节 美国南方小说的发展与创作概况 …… 132
第二节 南方世界的勾勒者——威廉·福克纳 …… 133
第三节 南方人精神危机的探索者——威廉·斯泰伦 …… 138
第四节 南方女性的描绘者——尤多拉·韦尔蒂 …… 141
第五节 道德畸形的展现者——弗兰纳莉·奥康纳 …… 145

第八章 美国族裔小说的发展与创作 …… 150
第一节 美国华裔小说的发展与创作 …… 150
第二节 美国犹太裔小说的发展与创作 …… 158
第三节 美国非裔小说的发展与创作 …… 169
第四节 美国印第安裔小说的发展与创作 …… 178

参考文献 …… 184

绪 论

作为一个国家来说，美国的历史是从1776年才开始正式谱写的，在此之前，北美大陆受欧洲人统治长达几个世纪。殖民地时期的美国，严格地说并没有产生自身的文化，仅有的几位诗人和民间作家也由于历史条件的限制和他们自身的生活局限，没能写出具有美洲特色的作品来。

从美国获得独立的18世纪中叶至19世纪初的这一段时间，欧洲的启蒙思想传到美国，理性的信念逐步投射到美国的实用精神之中。18世纪60年代，英国殖民当局同北美大陆人民之间的矛盾日益尖锐。1770年3月，在波士顿发生了英军同当地居民的流血冲突事件，加剧了矛盾的发展。1773年12月16日，波士顿民众8 000余人将价值18 000英镑的茶叶投入大海；第二年年初殖民当局下令封闭了波士顿港。1775年4月19日，马萨诸塞的英国殖民军与当地"通信委员会"的民兵发生了武装冲突，这一冲突揭开了美国独立战争的序幕。受独立战争的影响，美国这一时期的文学创作领域中出现了一批革命理论作品和散文、诗歌，这些作品在鼓舞美国人民士气的同时，也为美国小说的出现打下了基础。

在1785年至1800年这十几年里，以男女之情为内容或以传说中神怪、豪侠为主角，以道德训诫、因果报应、劝人为善或是以神怪奇事为主要题材的作品开始在市镇中出现。通常认为由美国本土居民创作的、以美国生活为题材的第一部美国小说是威廉·布朗(William Brown，1765—1793)所写的书信体小说《同情的力量》。该小说以规劝青年女子哈丽奥特如何不被男子的感情所诱惑为线索，描写了当时贵族与平民之间、男人与女人之间的爱情矛盾。随着英国14世纪小说家乔叟的《坎特伯雷故事集》和17世纪小说家斯威夫特的《格利佛游记》以及《堂吉诃德》《十日谈》等作品的广泛传播，美国开始出现了一些仿写的作品。在这个群体中，影响最大的是休·亨利·布雷肯里奇(Hugh Henri Brackenridge，1748—1816)和查尔斯·布洛克登·布朗(Charles Brockden Brown，1771—1810)。

布雷肯里奇创作的《现代骑士》是一部以广阔的乡村生活为背景的传奇小说。在这部小说中，布雷肯里奇描写了约翰·法勒戈和他的仆人蒂格·奥莱根的游历经历。约翰是一个有主见的民主主义、杰弗逊主义和民族独立的拥护者[①]，倾向于托马斯·潘恩的思想观念。而蒂格则是一个红头发、高个子的爱尔兰移民，有点傻乎乎的，又有点流氓习气，同时出于自身的愚昧，还颇有点盲目的、无约束的自信心。由于偶然的原因，主仆二人失散了。失散之后，他们又有了各自不同的经历。布雷肯里奇试图通过约翰和蒂格这两个人物的经历来反映当时的社会面貌，并表达他本人的政治观点。虽然这部小说的模仿痕迹很重，但是小说在方言运用、讽刺性的夸张，以及对边疆风土人情的描写上所取得的成就是不容抹杀的。可以说，《现代骑士》开创了美国本土小说的历史。

布朗创作了《韦兰德》《亚瑟·默文》等作品，这些作品多取材于美国本土，具有一定的独创性，因此，布朗被认为是美国小说的奠基者。

《韦兰德》又名《变形记》，是一部书信体的“哥特式”长篇小说。小说以韦兰德妹妹克拉拉为讲述者，讲述韦兰德一家的悲剧。韦兰德和克拉拉的父亲是一个德国的神秘主义者，后移居美国宾夕法尼亚州，并在自己的庄园里建立了一座神秘的教堂。但

① 杰弗逊主义是指托马斯·杰弗逊就任总统后提出来的施政原则，包括联邦政府减少对地方的管理，个人权利不可侵犯和发展乡村农业经济等。

在一天晚上，一股神秘的闪光和爆炸声使他们的父亲因周身起火而死去。对此，兄妹二人一直存有疑问：是上帝的旨意还是“自燃”？这使得他们一直对宗教怀有一种莫名的敬畏感。后来，韦兰德和克拉拉的母亲也去世了，兄妹二人相依为命。长大之后，韦兰德娶了邻家女孩卡瑟林，克拉克则喜欢上了卡瑟林的哥哥亨利。有一天，一个叫卡文的陌生人出现在了他们面前。随着卡文的到来，一些怪事发生了。先是韦兰德在无意中听到了一个神秘的声音，他一方面诚惶诚恐地揣摩这种声音带来的不幸，另一方面又联想起父亲的惨死。恍惚中，他听到一个声音：“你的祷告听见了。为了证明你的忠诚，把你的妻子献给我。”于是韦兰德将这种奇怪的声音当作神谕，杀死了自己的妻子、孩子，并因此被逮捕入狱。此时，卡文向克拉克承认自己会腹语，先前的事是他在捣鬼，但是他拒绝承认他教唆韦兰德杀人。后来，韦兰德从监狱逃了出来，因为神谕还指示他要杀死自己的妹妹与亨利。这时，卡文用腹语假托上帝的质疑，指责韦兰德自欺害人的行为，使他顿时醒悟，自尽身亡。三年后，克拉拉嫁给了亨利，而卡文则回到了乡下务农。通过这部小说，布朗揭示了宗教狂热和宗教迷信的潜在危害。

《亚瑟·默文》取材于美国现实生活，以 1793 年发生在费城的黄热病为题材，通过亚瑟·默文的经历展现了一个具有传奇色彩的故事。小说共分为两部分。在第一部分里，亚瑟是以一个病人的身份出现的。身患重病的他在费城倚墙而立，气息奄奄。好心的史蒂文斯医生将他带回了家，治好了他的病。此时，史蒂文斯医生的好友指责亚瑟曾和一个名叫威尔伯克的恶棍有过瓜葛。面对指责，亚瑟只好讲述了自己的故事。原来，威尔伯克曾想利用亚瑟来冒充克莱伏林私吞克莱伏林让他转交给妹妹克莱门莎的两万美元。不料，威尔伯克的计划被华生打断了，华生的妹妹是威尔伯克的妻子，他们救过威尔伯克，但是，威尔伯克却恩将仇报，将华生的妹妹折磨至死。在二人的争执与打斗中，威尔伯克杀死了华生。亚瑟在威尔伯克花言巧语的劝说下，保守他的秘密，并答应助他逃往新泽西。但是在德拉华河上，威尔伯克却纵身跃入了水中，亚瑟以为他死了，便返回费城，并在哈德文家帮工。后来，他在克莱伏林的书稿中发现了两万美元现钞，决定将这笔钱还给克莱门莎。在去找克莱门莎的路上，亚瑟得了黄热病，不得不到威尔伯克的住宅休息，不料遇到了威尔伯克，他正在那里疯狂地寻找丢失的书稿，二人发生争吵，由于威尔伯克怀疑亚瑟所拿的钞票是伪造的，于是，亚瑟点燃了它。气急败坏的威尔伯克无奈逃走。亚瑟离开了威尔伯克的住宅，游荡街头，幸好遇到了史蒂文斯医生。

在第二部分中，从史蒂文斯医生处得知了威尔伯克把克莱门莎卖入娼门的消息后，亚瑟决定去救克莱门莎。与此同时，史蒂文斯医生的好友展开了对亚瑟的调查。在调查过程，他发现事情并不像亚瑟所讲述的那样，亚瑟的人品很值得怀疑。当亚瑟再次回到史蒂文斯医生那里时，他受到了史蒂文斯医生好友的指责。面对指责，亚瑟讲述了他去找克莱门莎时所发生的事情。他先帮助埃莉莎战胜她的叔叔，后来又将钱给了克莱门莎。最终，亚瑟与一名叫阿克莎·菲尔丁的寡妇结了婚。这部小说的突出特点在于叙述人的不可信性。从亚瑟叙述的话语中可以看出，他在叙述的过程中字斟句酌，条分缕析，试图要让自己的话语无懈可击，但事实上，亚瑟的话有很多都值得推敲，作者并没有对亚瑟的叙述真实与否作出判断，这需要读者自己去寻找，因此，这部小说充满了悬疑色彩。

进入 19 世纪之后，美国小说在浪漫主义、现实主义和自然主义的影响下，出现了具有世界影响的作家和作品。到了 20 世纪，随着时代的不断发展变化，美国的小说呈现出多元化发展的趋势，现实主义小说、现代主义小说、后现代主义小说、南方小说、族裔小说等都与时代紧密结合，反映了美国社会的复杂性。

目前，关于美国小说的研究，主要集中在对个体作家、作品的研究，以及对不同类型的小说和小说史的研究等方面，并取得了诸多的研究成果，但是，在研究的过程中，对作家与作品的分析还不是十分透彻，还有很多地方值得探索。笔者希望通过对美国小说的发展与创作的进一步梳理，来突出作家创作的特色，为美国小说的研究工作提供一些新的视角和思路。

第一章　美国浪漫主义小说的发展与创作

经过独立战争之后，美国在政治、经济、思想等领域都表现出一片生机盎然的景象。国家的开明姿态、时代的上进精神，使文学想象力获得了纵横驰骋的机会，而此时，浪漫主义文学思潮正在席卷世界文坛，在这样的背景之下，美国的浪漫主义小说取得了令人瞩目的成就。

第一节　美国浪漫主义小说的发展与创作概况

从 19 世纪开始，美国由于资产阶级政权的不断巩固，资本主义经济发展也逐步走上正轨，从而进入了 19 世纪前 60 年第一个大规模的经济腾飞时期。此时，北方资本主义工商业的高速自由发展与南方落后的庄园式奴隶主农业经济的并存，形成了美国自独立以来经济上最严重的畸形现象。19 世纪上半叶，处于资本主义上升时期的美国，也就成了美国浪漫主义文学产生和发展的土壤。

美国小说从诞生之初就具有一定的浪漫主义色彩，如 18 世纪末布雷肯里奇的小说《现代骑士》和泰勒的世态喜剧《对比》等作品便体现出了这一特点。到了 19 世纪，美国的浪漫主义小说伴随着浪漫主义文学思潮的到来显示出了其独有的特点。19 世纪 20 年代，美国浪漫主义小说进入了成熟期，并在 30 年代至 50 年代达到了创作上的高峰。

美国浪漫主义文学的发展经历了一个稳定、健康的发展过程。在小说创作领域，最先体现出浪漫主义色彩的作家是华盛顿·欧文(Washington Irving,1783—1859),他通过笔记小说和历史传记的创作第一次为美国文学赢得了世界声誉。在他之后,詹姆斯·费尼莫尔·库柏(James Fenimore Cooper,1789—1851)凭借自己的创作让全世界了解美国的实际情况与美国的思想,他也成了一位伟大的民族经历的诉说者。他们的小说开创了一代文风。

在詹姆斯·费尼莫·库柏之后,纳撒尼尔·霍桑(Nathaniel Hawthorne,1804—1864)和赫尔曼·麦尔维尔(Hcrman Melville,1819—1891)通过各自的作品为美国浪漫主义小说的创作增添了辉煌的一笔,将美国浪漫主义小说创作推向了高潮。霍桑的小说作品多倾向于对人的内心世界的探索,而梅尔维尔的小说则多充满了对人与世界、人与上帝之间的思考。

19 世纪 50 年代之后,随着现实主义文学思潮的兴起,浪漫主义文学思潮的影响力开始减弱,进入了低潮时期,美国浪漫主义小说的创作也随之进入了低谷。

第二节　美国文学之父——华盛顿·欧文

一、华盛顿·欧文的生平与创作概况

华盛顿·欧文(Washington Irving,1783—1859)出生于纽约市一个富有的商人家庭中。他自幼酷爱读书,19 岁就已经在报刊上发表了以讽刺文坛和纽约生活为主的散文。20 岁时,由于被查出患有肺病,于是去欧洲疗养。在疗养期间,欧文有意识地锻炼了自己观察生活的能力。回国之后,欧文与哥哥、好友一起创办了杂志《大杂烩》,专门从事写作,先后发表 20 多篇系列散文和评论。1809 年,他用笔名"尼克包克尔"出版了《狄德里克·尼克包克尔的纽约外史》,对荷兰殖民统治时期的纽约社会进行了嘲讽,

受到英国小说家司各特的赞赏，同时也受到美国文坛的关注。在这之后，欧文根据自己的亲身经历，撰写了让他名垂青史的《见闻札记》。随后他又创作了《布雷斯布里奇田庄》和《游人的故事》，由于后两部作品并没有体现新意，因此，这两部作品并没有获得读者的认可。

1826年，欧文应美国驻西班牙公使之邀，赴西班牙任公使馆随员，在那里接触到了西班牙和拉美历史，从而创作出了一批"西班牙"著作，如《哥伦布》《攻克格拉纳达》《阿尔罕拉伯》等，其中，《阿尔罕拉伯》被称为"西班牙《见闻札记》"。1832年，欧文回到美国后创作了《草原游记》《阿斯托里亚》《博纳维尔船长历险记》等。后来欧文还发表了一些传记作品，如《哥尔德斯密斯传》《华盛顿传》，其中《华盛顿传》从1825年就开始酝酿，直到他生命的最后时刻才得以完成。1859年11月28日，欧文在坦莱镇因病逝世。

二、华盛顿·欧文的小说分析

欧文的创作对美国文学的发展产生了深远的影响，他被称为"美国文学之父"，也被人称为"美国第一位作家""新世界派往旧世界的使者"。他的小说常常会对物的形、声、色、味进行描写，在描写的过程中，会融入自己的感受，从而带给读者不一样的阅读体验。与此同时，他还擅长烘托气氛，制造悬念，借助仙鬼等来增添作品的浪漫主义色彩。在欧文所创作的众多作品中，最著名的是收录在《见闻札记》中的《瑞普·凡·温克尔》和《睡谷的传说》。这两篇小说都是根据德国的传说故事写成的，在写作的过程中，欧文将故事与美国的实际情况联系在了一起，从而让这两篇小说具有了美国色彩。

《瑞普·凡·温克尔》讲述的是一个名叫瑞普·凡·温克尔的美国人的故事。故事的内容很简单，瑞普在一次打猎中遇到了几个穿着奇怪的人，喝了他们递来的酒，然后便睡着了。等他醒来回到家之后才发现，他这一觉竟然睡了20年。在这20年中，他所居住的村庄发生了翻天覆地的变化，他的妻子死了，他的儿子已成人，女儿也当了妈妈，昔日他同知己喝酒聊天的小酒馆已被门前星条旗迎风招展的宏伟的“联盟旅馆”所替代。面对这一切，瑞普一开始很茫然，但是他很快就适应了自己的新生活。

从《瑞普·凡·温克尔》的内容中我们可以看出，这是一篇具有寓言性质的小说。小说的主人公瑞普的经历代表着美国人对自身身份的困惑和对美国未来命运的担忧。在哈得逊河畔的小村庄里，瑞普有着自己的生活哲学，他“过着优哉游哉的生活，吃白面包和黄面包都行，只看哪一样不用操心和费神；他宁可只有一个便士而挨饿，也不愿为一个金镑去工作。倘使听他自便，他一定会吹口哨，心满意足地度过一生”，但是他的这种生活理念却并不为自己的妻子所接受。他的妻子整天埋怨他懒惰，弄得家不像家、人不像人，在这样的一个环境下，瑞普反而有了一种小小的逆反心理，他什么都肯做，就是不照料自己的农田和家小；他谁都肯帮，就是不帮助家人和妻子干一些活儿。因此，在别人的眼里，瑞普是一个好人，而在他妻子的眼里，瑞普一无是处。但当瑞普醒来之后，他对自己的身份产生了怀疑：“我不是我自己——我是别的人吧！……昨晚，我是我自己，但我在山顶上睡着了。他们换了我的枪，一切都变了，我也变了，我说不清我的名字，或我是谁?”瑞普的这种疑问代表着当时刚刚独立的美国人的普遍心态，但是很快，瑞普便融入了新的生活，这也代表着美国人正在逐渐接受自己的新身份，并将最终创造出属于自己的新生活，体现出了美国人的乐观精神和适应能力。

从语言上我们可以看出，《瑞普·凡·温克尔》的语言运用十分娴熟，如在描写瑞普的那条狗“狼”时，欧文这样写道：

> “狼”只要一走进家里，立刻就垂头丧气，它的尾巴不是拖在地上，就是夹在腿间，它的神气像个罪犯，在屋子里偷偷地走来走去，不停地瞟着凡·温克尔太太，只要扫帚柄或水杓子微微一举，便狂吠着飞也似的奔向门

外去了。

这一段对“狼”的描写事实上从侧面烘托出了瑞普在家中的感受,我们可以切身体会到瑞普在家中所感觉到的不自在。

又如在小说开头对景色的描写:

> 在哈得逊河上游航行过的人,必定记得卡兹吉尔丛山,那是阿帕拉钦山脉的一支断脉,在河的西岸,巍巍然高耸之端,威凌四周的乡村。四季的每一转换,气候的每一变化,乃至一天中每一小时都能使这些山峦的奇幻的色彩和形态变换,远近的好主妇会把它们看作精确的晴雨表。天气晴朗平稳的时候,它们披上蓝紫相间的衣衫,把它们雄浑的轮廓印在傍晚清澄的天空上,但有时,虽然四外万里无云,山顶上却聚着一团灰雾,在落日的余晖照耀之下,像一顶灿烂的皇冠似地放射着异彩。

从这段描写中,我们可以感受到瑞普所生活的小村庄的宁静,同时也能够接受他乐观的性格以及他对妻子唠叨的反感,并且更加同情他的处境。

《睡谷的传说》讲述了一个发生在小山村中的故事。在这个小山村中,流传着一个恐怖的传说:当夜幕降临,无头骑士的阴魂会骑马飞驰,去寻找在战争中被炮弹打飞的头颅。小山村的人对这个传说深信不疑。小山村土生土长的布鲁姆·凡·布兰特利用这个故事吓走了外来的穷教师伊卡包德·克兰。布鲁姆和伊卡包德都喜欢上了一位名叫卡特琳娜·凡·特塞尔的姑娘。所不同的是,伊卡包德更看重的是卡特琳娜的钱财。作为外来者,伊卡包德尽力显示着自己的与众不同,他表现得彬彬有礼,常常会讨好学生的家长,特别是那些年轻的母亲,因此他受到了年轻女性们的喜爱,为村中男性所嫉恨,布鲁姆尤其看他不顺眼。一次,布鲁姆和伊卡包德同时参加了卡特琳娜家举行的晚会,在晚会上,布鲁姆给伊卡包德讲述了自己遇到无头骑士的故事,这个故事让伊卡包德很害怕。晚会结束后，伊卡包德独自骑马回家，在小河边上他遇到了无头骑士，并被无头骑士用手中拿着的“头颅”（一个南瓜）打昏倒地。等到天亮时，人们只发现了他的帽子和一个碎得稀烂的南瓜，于是，人们认定伊卡包德已经死了。后来，布鲁姆和卡特琳娜结了婚。每当人们提起那个南瓜的事，布鲁姆就捧腹大笑，于是人们开始怀疑他与伊卡包德的事有关。几年以后，一个农夫带来消息说他在城里看到了伊卡包德，说他在纽约“得了律师执照，变成了政客，奔走竞选，给报纸写文章，最后终于当上了十镑法庭的法官”。

《睡谷的传说》之所以会成为一部为人们所熟知的作品，其关键在于欧文塑造了性格鲜明的人物形象，显示出了美国本土社会对新英格兰人的拒绝。在这部小说中，布鲁姆是美国本土社会的代表者，他虽然行为粗鲁、爱搞恶作剧，但是为人善良；伊卡包德是新英格兰人的代表，他虽然举止文明，但是却虚伪、贪婪。为了塑造这两个人物形象，欧文下足了功夫，他在描写布鲁姆时，突出了他的精力充沛，写他常常带领三四个朋友在乡里乱闯，一到冬天，他总是戴着一顶皮帽子，顶上有一根挺神气的狐狸尾巴，人们一看就认得是他，每逢乡下人在村里集会的时候，远远看到这根熟悉的狐狸尾巴，在一群勇猛的骑手之间飞奔而来，他们就得站在一旁，等他们像一阵风暴似的过去。在描写伊卡包德的时候，欧文写道：

> 克兰（英文字是“鹤”的谐音——笔者）这个姓，对他的身体来说，也不能说不合适。他长得很高，但非常之瘦，窄肩膀，长胳膊，长腿，两只手荡在袖口外面有一英里长，两只脚简直可以当铲子使用，整个躯干松垮垮的。他的头很小，头顶是平的，老大的耳朵，眼睛像两只绿色的大玻璃珠子，长长的鹬鸟嘴似的鼻子，因此，这颗头就仿佛一只停在轴颈上的风信鸡，可以随风报告风向。如果你在刮风天里，看到他贴着小山半边，迈开大步走着，衣服被吹得鼓起，在他身体四周飘飘荡荡，你也许会把

> 他错认为饿鬼出现，或者从稻田里逃出来的什么稻草人之类的东西。

从这几句描写中我们就可以看出，欧文在描写伊卡包德时融入了自己的好恶，很显然，欧文不喜欢伊卡包德这个形象。

又如在描写伊卡包德得知自己被邀请去卡特琳娜家去做客时，他不仅提前放了学，还花了半个钟头进行了精心梳洗打扮，并且借了一匹老马，一路上都是兴高采烈的，连他所见的景物都变得十分的特别：

> 小鸟们正在享受它们临时的盛宴。热闹得最厉害的时候，它们扑着翅膀，叽叽喳喳，游戏起来，从这一丛灌木跳到那一丛灌木，从这一棵树飞到那一棵树，在它们周围这片丰富多彩的天地里忽东忽西。其中还有老实的雄知更鸟，它是小猎人最喜欢的一种猎物，高叫起来，就像和人吵架似的；唧唧的燕八哥成群飞翔起来像乌云一般；金黄色翅膀的啄木鸟，顶着它的红冠，套着宽宽的黑领圈，披着一身华丽的羽毛；连雀，长着红边的翅膀和黄尾巴梢，头上有一顶小羽冠；还有蓝喜鹊，那个吵吵闹闹的花花公子，穿着鲜艳的淡蓝色外衣和白衬衫，叫不停，说不停，处处招呼，一会儿猛然对这个点一下头，一会儿又向那个鞠一躬，装出一副和树丛中的每一位歌手都处得很好的神气。

从这段景物描写中我们可以得知伊卡包德的欢快心情，他的这种欢快心情与他的虚伪形成了鲜明的对比，进一步揭露出了他的贪婪本性。

总之，作为美国文学之父，欧文的创作改变了清教主义浓厚的说教气味，具有浓郁的生活气息，同时，他的作品展现了善良的人性，在日常生活细节中展现出了对生活的热爱和期望，反映了当时美国人的精神面貌。

第三节　民族经历的诉说者
——詹姆斯·费尼莫尔·库柏

一、詹姆斯·费尼莫尔·库柏的生平与创作概况

詹姆斯·费尼莫尔·库柏(James Fenimore Cooper,1789—1851)出生在美国新泽西州伯灵顿一个富裕家庭中。他的父亲是法官,后来当选为国会议员,之后举家移居纽约州中部,在那里,他们建立了库柏镇。库柏在大学三年级的时候,因为违反校规而被开除,无奈之下,他的父亲将他送到了商船上。海上的经历对库柏的小说创作产生了重要的影响。

1808年,库柏开始在美国海军中服役,服役期间,库柏从海军准尉升任为海军上尉,并曾在安大略湖畔一海军基地参加造船工作。1809年,库柏的父亲在一场政治争论中突然去世,他和几位兄长继承了大量遗产。由于他的兄长们挥霍无度并先后去世,库柏承担了大量的债务。

在妻子的激将下,1820年库柏发表了小说《戒备》,这部小说写的是他未曾经历过的英国上层社会的生活,因此并没有获得成功。之后库柏对自己的创作进行了反思,他意识到自己需要在自己所熟悉的生活中寻找素材。于是他改变了创作方向,写出了《间谍》,开创了革命历史小说这一类型,确立了他在美国文坛的地位。1822年,库柏及家人迁往纽约,并创作了《拓荒者》和《舵手》,其中《拓荒者》是“皮袜子五部曲”的第一部,是边疆冒险小说的典型之作,《舵手》则开创了海上冒险小说这一类型。后来,库柏曾出任过美国驻法国里昂的领事,并到访过意大利和英国,创作了反映欧洲生活的三部曲:《刺客》《黑衣教士》和《刽子手》,表现了教权和封建势力在资本主义兴起之前就已经呈现出了腐朽

和衰落之势。1835 年，库柏回到美国，创作了《归途》和《家乡面貌》，这两部作品不仅讽刺了美国社会，还讽刺了库珀斯敦的一些人物的伪善和愚蠢。1851 年 9 月 14 日，库柏在库柏镇的家中去世。

二、詹姆斯·费尼莫尔·库柏的小说分析

詹姆斯·费尼莫尔·库柏在他 30 年的创作生涯中写了 50 多部小说和其他著作，其中小说创作所取得的成就是十分突出的。在他的众多小说中，浪漫主义色彩最浓厚、最为人称道的是他的“皮袜子五部曲”——《拓荒者》《最后的莫希干人》《草原》《探路人》和《逐鹿者》，这五部作品描绘了开拓者的形象和印第安人的境况，把边地西移过程中英法殖民主义者的争夺斗争、白人殖民主义者对印第安人的暴行以及“欧洲文明”的丑恶面目披露得淋漓尽致。

在“皮袜子五部曲”中，写得比较好的是第一部《拓荒者》和第二部《最后的莫希干人》，在这里我们重点对这两部作品进行分析。《拓荒者》讲述了坦普尔与纳蒂之间的纠葛。坦普尔是一名法官，他因为意外获得埃芬厄姆家的一份地产而成为纽约州一个边界小镇的首富。在一次打猎中，他误伤了当地印第安猎人纳蒂的朋友奥利弗。对此，坦普尔十分内疚，他让奥利弗养伤好后在自己家中做主管。奥利弗成为主管之后，发现坦普尔等人的生活与自己以前的生活截然不同。虽然进入了现代社会中，奥利弗并没有放弃与印第安人的来往。有一次，纳蒂在林中从豹爪下救出坦普尔的女儿伊丽莎白，后来他因在严禁狩猎的季节射鹿而被捕入狱，同法官发生了直接冲突，但最后被释放。又过了不久，纳蒂在一次森林大火中救出了困在火中的伊丽莎白。为了表达感激之情，坦普尔想将纳蒂也纳入他所代表的“文明”的保护之下，但纳蒂与奥利弗不同，他并不喜欢这种“文明”，他选择了走向西部未开发的土地去过他热爱的森林生活。后来坦普尔发现，原来奥

利弗是埃芬厄姆家的孙子，纳蒂曾在老埃芬厄姆上校手下当差。基于这样的关系，最后奥利弗与伊丽莎白订婚，并分享了法官的一半家业。

在《拓荒者》中，库柏用了大量的篇幅描述了坦普尔同纳蒂之间的冲突，这种冲突并不是个人之间的冲突，而是两种文化之间的冲突。法官坦普尔代表着被资本主义物质主义的毒液所浸透的现代文明，而纳蒂则代表着美洲大陆上的传统文明。在具体的人物塑造过程中，库柏并没有把坦普尔塑造成贪心、腐朽、丑恶人物，而是让其抱有自己的坚持，即“没有法律便没有文明社会”。小说在坦普尔出场时写道：

> 在这副装扮下，可以隐约地看到一张男子气派十足的漂亮的脸盘，尤其是他那很有表情的蓝色大眼睛，这双眼睛显露出高超的才智，含蓄的幽默和一颗异常慈善的心。

从对坦普尔的形象定位中可以看到，库柏对坦普尔所坚持的“没有法律便没有文明社会”是表示赞同的。

在塑造纳蒂这一形象时，库柏抓住了纳蒂浑朴、耿直、坚贞顽强的特点，他虽然“没有多少文化，却有蒙昧人身上所体现的最高文明原则。他过的是原始人的生活，但是这种生活与那些崇高的行为规范并非互不相容”。在 18 世纪 50 年代的英法殖民者的战争中，“皮袜子”显示了高超的森林作战与求生本领，成为传奇式的英雄。

《最后的莫希干人》共有 33 章的内容，可以分为两部分，第一部分为前 17 章，主要讲述的是英军上校蒙罗的两个女儿科拉和艾丽丝到达威廉·亨利堡以前的历险故事；第二部分为后 16 章，主要讲述的是英军投降后，两个姑娘在林中逃难的惊险和厄运。整部小说以 18 世纪 50 年代英法争夺北美殖民地的战争为背景。在战争期间，英军上校蒙罗奉命率军守卫亨利堡，为了能够与自己的两个女儿相聚，蒙罗命令邓肯·海沃德少校将她们护送到亨利堡来。一路上，邓肯一行人先后碰到了两类人：一类是阴险的敌人，投靠法军的印第安胡龙族麦格瓦一伙；另一类是忠诚的朋友，猎人“鹰眼”纳蒂及其朋友印第安莫希干族酋长父子——秦加茨固和恩卡斯。麦格瓦曾因失职受过蒙罗上校的处罚，因此一直想伺机报复，同时，他又对蒙罗上校的女儿科拉不安好心。在丛林中，麦格瓦率领一批胡龙族人把海沃德等一行人包围住。科拉急中生智，建议班波和秦加茨固父子从水路突围，后来终于成功穿过丛林。当姐妹俩来到亨利堡时，发现法军已包围了英军驻地，导致英军被迫投降。而曾与蒙罗上校有私仇的麦格瓦一伙却趁机滥杀无辜，并劫走科拉和她的妹妹艾丽斯。暗恋着科拉的恩卡斯追至林间，但不幸与科拉双双被害。最终，“鹰眼”射死了作恶多端的麦格瓦，大家在丛林中为科拉和恩卡斯举行了隆重的葬礼。作为最后的莫希干人，恩卡斯英勇牺牲，他受到人们的敬重。他的父亲认为他死得其所，成了莫希干族的骄傲。

《最后的莫希干人》结构严密，悬念丛生，情节跌宕起伏，引人入胜。全书的情节主要是沿着“奔逃—被俘—追寻—交战—奔逃”周而复始的圆周模式发展的，故事情节的发展从抽象到具体，从朦胧到明晰，从主干到末节，场面逐步由大到小，战斗逐步由巨到细，最后集中到一个村庄、一处丛林，叙述的着眼点始终集中在主要的几个人物身上，给人一种整体、自然之感。在这部小说里，“最后的一个莫希干人”秦加茨固是美国文学中首次出现的印第安人的正面形象。作为“鹰眼”的伙伴，他身上体现了库柏以此作为白人文明“纠偏”力量的所谓“自然人”的观念——与生俱来的智慧、忠诚和兄弟般的友爱之心。其子恩卡斯更是一个理想化的人物。这个最后的莫希干人身材魁梧，双眼炯炯有神，纯洁高尚，彬彬有礼，见义勇为，助人为乐。他已摆脱了原始愚昧的状态，成了一位身心兼优的印第安人。秦加茨固父子作为库柏心目中原始自然的一个组成部分，带有作者想象力加工的痕迹，是浪漫主义传奇手法的产物，表达了作者对印第安民族的同情和景仰。

总之，库柏的作品所表现的几乎是一个神奇的童话世界，他在很大程度上推动了美国的浪漫主义小说发展到一个完整的、充分的、在艺术上无懈可击的程度，因此，他对于美国小说的发展起到了不可忽略的重要作用。在艺术形式上，他确立了充满浪漫主义色彩的“库柏式”小说体并为美国文学长篇小说的创作开拓了广阔的新领域。

第四节 心灵世界的探索——纳撒尼尔·霍桑

一、纳撒尼尔·霍桑的生平与创作概况

纳撒尼尔·霍桑(Nathaniel Hawthorne，1804—1864)出生在马萨诸塞州萨勒姆镇一个具有清教传统的破落的贵族家庭中。霍桑的一位先祖在1630年随约翰·温斯罗普总督一起移居北美，立过显赫战功，当过行政长官，迫害过教友会教徒。另一位先祖曾在1692年萨勒姆驱巫案中任三法官之一。霍桑的父亲是一个船长，在霍桑4岁的时候死在了海上，之后，霍桑随母亲客居外祖父家，这让他自幼便有一种寄人篱下的自卑感。霍桑的家族史让他有了一种负罪感，让他深信自己家族的没落是罪有应得的。这种负罪感深深地影响了他的小说创作。

1821年，霍桑入缅因州的波多因学院读书。他对学校生活不甚关心，对学业下功夫不大，但他喜爱阅读，因此培养了独立思考、怀疑一切的精神，确立了文学创作的生活方向。1825年毕业后，他又回到萨勒姆镇，开始了长达12年之久的隐居生活，在此期间他潜心研读，并开始进行文学创作。

霍桑的第一部小说长篇小说《范肖》出版于1828年，这部小说出版之后并没有引起什么反响。1837年，他又出版了小说集《重讲一遍的故事》，引起了美国文坛的重视。在这部小说集中，收录有《罗杰·马文的葬礼》《好小伙布朗》和《教长的黑面纱》等

一系列引人思考的小说。之后他又出版了短篇小说集《古屋青苔》，其中包括《大地的燔祭》《伊桑·布兰德》和《利己主义或胸中的蛇》等。在短篇小说获得了巨大的成就之后，霍桑转向了长篇小说的创作领域，并出版了《红字》《带七个尖角阁的房子》《福谷传奇》和《玉石雕像》4 部长篇小说，从而奠定了他在美国文学史上的地位。

1846—1849 年，霍桑在萨勒姆镇海关任测量员。后因行政当局更换，他被解职。1850 年，他移居莱诺镇，恰与麦尔维尔为邻，两位作家开始了他们之间不寻常的友谊。1851 年，时值美国总统选举，霍桑为昔日同学富兰克林·皮尔斯做传，皮尔斯当选后，任命他为驻英国利物浦领事。四年后，他辞职赴意大利游历。1860 年，霍桑回国。1863 年，作为马萨诸塞州代表团的一员，霍桑赴华盛顿拜访林肯总统。1864 年 5 月 19 日，霍桑因身体状况不好在新罕布什尔州普利茅斯的一家客栈中悄然辞世。

二、纳撒尼尔·霍桑的小说分析

在美国文学史上，霍桑被公认为心理分析小说的鼻祖，他擅长剖析人的“内心”，注重揭示人物的心理状貌，总是能对潜藏在人内心深处的“恶”进行敏锐的捕捉和深入挖掘，主张通过善行和自忏来洗刷罪恶、净化心灵，从而得到拯救。在他的小说中，我们总是能够看到他对人的心灵的关注。

在霍桑的短篇小说中，以《大地的燔祭》《伊桑·布兰德》《利己主义或胸中的蛇》《教长的黑面纱》及《好小伙子布朗》为代表的作品体现出了霍桑对人心之“恶”的探索。比如，在《大地的燔祭》中，霍桑通过人们没有焚烧人心说明了人类罪恶的永远存在。小说写道：

> 有一样东西这些自作聪明的人忘了扔进火里。只要这一样东西没有被扔进去，那么大火所烧的其余东西就无所谓了，即使他们把地球本身烧成灰烬也无妨。

这种东西指的就是人心，虽然人们把象征人世间一切罪恶的标志，如家谱、地契、钞票、皇冠、《圣经》、十字架等都投入了熊熊大火，但是由于人们并没有将充满欲望的人心扔进火里，因此，人的罪恶将会一直存在，纯净、充满生机的世界将永远不会到来。

在《伊桑·布兰德》中，霍桑同样关注了人的罪恶。这部小说的主人公伊桑·布兰德是一名烧炭工，为了寻找"不可饶恕的罪愆"，他浪迹多年，最终在自己心中找到。悲伤之余他投窑自焚，没想到最终所存的遗骸是已经变成岩石的心脏。通过人心与坚硬的岩石之间的联系，霍桑进一步说明了人心的"恶"。

在《利己主义或胸中的蛇》中，霍桑讲述了一个自知胸中有祖传的蛇在吞食自己的人的故事。这个人原本以为只有自己的心中有蛇，但是后来他发现，很多人的心中都有蛇。他不仅能够看出那些人心中的蛇，还能分辨出他们的种类。雄心勃勃的政治家、吝啬的老者、著名的牧师、美貌的少女、最受尊敬的居民……他告诉他们自己的所见，但是这些人根本不相信自己心中有蛇，认为他是个疯子，所说的是疯话，并把他送进了疯人院。在疯人院中，他翻遍了医书，最后意识到：每个人都有恶的一面，每个人的心中都贮藏着足以生长出一窠蛇的毒液。在这篇小说中，霍桑再次强调了人心之恶给人带来的严重后果，指出只要人的心中存在恶，人就会被"吞噬"。

在《教长的黑面纱》中，霍桑通过一位带着黑纱的教长胡波的古怪行为揭示了人被恶所侵占的过程。在一个小山村中，胡波突然戴上了黑纱，这引来了村民的种种猜测，直到他临死时的时候也没有将面纱取下。他在遗言中声称"每一张脸上都有一层面纱"。小说虽然没有直接说明胡波戴上黑纱的原因，但是，胡波戴上黑纱是在一名少女的葬礼上，这暗示了胡波与少女的死亡之间存在着某种联系。霍桑通过黑纱这一具有象征意味的物品再次表明了人心之恶。

在《好小伙子布朗》中，霍桑通过一个原本善良的小伙子布朗决定与魔鬼进行交易的故事揭示了每个人的心中都不可避免地存在着恶念。布朗是一个善良纯朴的青年，但是他却受到了魔鬼的诱惑，决定在夜里去和魔鬼践约。事前他不敢告诉任何人，包括他的妻子费丝。可当他步入森林时，却发现许多平时他最尊重的人——总督、教长、高贵太太、贞洁少女……甚至他的妻子，都出现在了魔鬼的集会上。这次经历在布朗心中唤起了人人皆有隐秘之罪的意识，从此布朗再也无法恢复内心的宁静，变得忧伤多疑。这表明了霍桑对恶的深刻理解，即每个人的心中都有恶的一面。小说中人物的名字也有着深刻的寓意。古德曼（Goodman，原义“好人”）代表普遍意义的人，他远离他的另一半——爱妻费丝（Faith，原义“忠诚”“信仰”）之日，就是他靠近魔鬼之时。所谓的魔鬼不是别的，正是人内心的“恶”。

在霍桑的长篇小说中，《红字》《带七个尖角阁的房子》《福谷传奇》和《玉石雕像》同样展现了人的内心的恶的影响。

在《红字》中，霍桑以17世纪美国东海岸马萨诸塞州波士顿镇上早期移民的生活为题材，讲述了一个背叛了加尔文教规的女性海丝特·白兰的爱情悲剧。故事一开始时，犯了通奸罪的海丝特怀抱私生女，站在刑台上示众，胸前带着标志通奸的红字A。这一幕正好被从英国赶来这里的海丝特的丈夫——一个又老又丑的学者看到。为找出奸夫，海丝特的丈夫改姓齐灵沃斯，乔装成医生，并与海丝特和年轻有为的牧师狄梅斯代尔进行交往，试图找出海丝特是不是和狄梅斯代尔通奸。事实上，海丝特女儿的父亲正是狄梅斯代尔。由于狄梅斯代尔是牧师，他因自己所犯的罪行而备受煎熬，虽然他几次想要说出真相，但是却总是话到嘴边又咽了回去。在罪恶感的折磨之下，狄梅斯代尔变得日益憔悴。最终，在他临死的时候，他说出了真相，释然死去。想要疯狂报复的齐灵沃斯则被自己的复仇之心所蒙蔽，毁灭了自己。而海丝特坚强地度过了多年的耻辱生活，渐渐赢得社会的谅解和他人的尊重。她死后葬在牧师墓旁，墓碑上刻着一个鲜红的A字。

通过《红字》这部小说，霍桑将关注的焦点放在了罪以及罪对人的影响上，他通过几个主要人物的命运，对诸如“罪恶在哪里”

“谁是真正的罪人”等问题进行了追问。在霍桑看来，海丝特虽然有罪，但“具有宗教机构神圣性”的官方和“公正的、相貌冷酷的圣人”，都没有“资格裁判一个犯罪的女人的心和分辨善与恶”。每个人必须正视、毫不隐瞒自己的罪恶。

在《带七个尖角阁的房子》中，霍桑通过品钦家族的遭遇揭示了恶有恶报的存在。殖民地开发时期，品钦家族的创业者非法霸占了建筑师马修·莫尔的一块土地，在那上面盖起带七个尖角阁的豪华大屋。为杜绝后患，他又利用职权指控马修为巫师并将他活活烧死。马修临死前对品钦一家进行了诅咒，“上帝会让你饮血的”。果然，当房子刚刚盖好之后品钦他便在书房中神秘地死去了。在以后的一百多年间，凡是继承了这所房子的品钦后代都遭到了马修的诅咒，为冤魂所逐，代代都死于非命，品钦家族也随着年月的流逝一代比一代衰败了。一直延续到故事开始的19世纪，饱经风雨的带有七个尖角阁的古屋里只剩下兄妹俩，妹妹是一个老处女，名叫赫普兹巴，而她的哥哥克里夫德被判终身监禁。赫普兹巴一个人孤苦伶仃，为生活所迫在房侧开了一个小店，后来一位乡下亲戚——年轻漂亮的菲比姑娘住到了这座房子里，还招来了一个单身房客霍尔格拉乌。克里夫德在牢中度过30年后得以出狱，也和他们同住。在这期间，霍尔格拉乌爱上了菲比，并说明了自己是马修后代的真实身份。最终，有情人终成眷属，走入了婚姻殿堂，这也预示了房子的诅咒已经被解除，两家族的恩怨也已经和解。

在这部小说中，霍桑通过一个家族的古老悲剧，呈现出了“原罪”和“人类的堕落”之说。小说措辞使用了象征的手法，比如莫尔小溪、上校的画像、爱丽丝的花、品钦的榆树等。莫尔小溪代表着马修·莫尔及其后代尚活在世上这一事实，是对品钦后代的一种谴责。上校的画像体现着品钦家族不幸的继续，这种不幸只有在画像落下时才会结束。爱丽丝的花是伊甸天真的标志，是品钦家族中天真的象征。品钦家的大榆树可以是生命力的体现，也可以是品钦家族生活中的暗影的根源，无论如何，它是历史的见证者。从结构上来说，《带七个尖角阁的房子》先总后分，表现得极为精巧，作者把第1章写成一个历史总回顾，起到了统领全局的作用，其中的很多内容都与其余20章的内容相关，从而为整部作品增添了神秘色彩。

《福谷传奇》是霍桑根据自己在布鲁克农场进行超验主义试验的经历写成，在这部小说中，霍桑通过描写乌托邦社会的失败，强调罪恶的永存，而世上根本就不可能有福谷存在。小说是由诗人科弗代尔以第一人称叙述，他来到旨在增进人类幸福的福谷农场，结识了一群天真的超验主义者。在这些超验主义者中，既有为寻求出路而来，却落寞而归的，也有为排遣情感上的苦闷，抱着游戏的态度参与社会改革的。在这些人当中，始终坚持信念的是霍林斯沃斯，但是他却由于过于坚持自己的理想而走向了偏执。最终，福谷农场以失败告终。霍桑通过科弗代尔冷眼旁观这些超验主义者的夸夸其谈和偏执，以及农场最后的瓦解，强调了罪恶的永存。

《玉石雕像》的背景虽然是现代罗马，但人物和主题却是来自新英格兰的清教徒。年轻英俊的多纳特罗伯爵爱着忧郁的少女米里亚姆。米里亚姆总被一个僧人纠缠，在盛怒之下，多纳特罗把那僧人推下了悬崖。这一幕恰好被多纳特罗的朋友希尔达看见。凶案发生后，多纳特罗受到了内心的煎熬，罪恶、焦虑和自我意识使他变得异常敏感，陷入了极度的孤独和痛苦之中。最后，他意识到恶的存在，决定承担罪责，从而超越天真，经过痛苦的磨炼而走向成熟。霍桑通过这个故事强调了忏悔的作用，人只有经历过恶才能够获得心灵上的成熟，这也就是他所主张的“幸运的堕落”，之所以说这种堕落是幸运的，是因为这种堕落能够让人意识到恶的存在，能够让人主动地去忏悔，去获得精神上的净化。

总之，霍桑的小说关注的是人的内心，揭示的是“人人皆有恶”的主题。他通过生动的实例来劝导人们弃恶从善，运用奇特的想象、超自然因素等渲染气氛，增加了作品的神秘感，同时，他还重视刻画人物的内心活动，并大量使用象征、隐喻等艺术手法，增添了作品的浪漫主义趣味，他的这种创作手法为后来小说的创作提供了有益的借鉴。可以说，他是美国浪漫小说发展史中的一位大家，不容忽视。

第五节　宇宙问题的询问者
——赫尔曼·麦尔维尔

一、赫尔曼·麦尔维尔的生平与创作概况

赫尔曼·麦尔维尔（Herman Melville，1819—1891）出身于新英格兰的一个名门世家，童年生活优裕且幸福快乐，12 岁时丧父，家道开始衰落，为生计不得不辍学。他先后做过银行职员、店员、小学教师、农场工人、水手以及捕鲸人等，饱经生活的艰辛和磨难，深感社会的冷酷与不仁。麦尔维尔的青年时代大部分在海上度过，到过利物浦、西印度群岛、南太平洋群岛等地。1839 年，他开始航海生活，在一艘驶往英国利物浦的船上充当侍役。两年后，他到一条捕鲸船上当水手，在南太平洋一带捕鲸。约一年半后，他和一位好友一起逃离渔船，在泰比谷和食人番度过了三个星期，后来他又登上了来自悉尼的捕鲸船，不料卷入了船上的叛乱中，并被囚禁在临时监狱里，最终麦尔维尔成功越狱，在卡拉布扎·贝里坦尼岛上蛰居数月。之后麦尔维尔搭船到檀香山。不久，他应募到“美国号”军舰充当水手，在太平洋一带巡航，直到 1844 年才回到波士顿。麦尔维尔航海生涯中的见闻、冒险经历都成为他早期作品的主要素材。

麦尔维尔早期的小说主要有 1846 年发表的《泰比》，1874 发表的《奥穆》，1849 年发表的《玛第》《莱德勃恩》，1850 年发表的《白外套》，1851 年发表的《白鲸》等，由于《白鲸》面世即遭到冷遇，

麦尔维尔的创作热情受到了打击。接下来,麦尔维尔又创作了小说《皮埃尔》,这部小说不但没有受到读者的喜爱,反而招来了一片谴责之声。受此影响,麦尔维尔变得精神沮丧,健康也每况愈下。他开始写一些富有哲理的短篇小说,并结集于《广场故事》之中,1855 年他还出版了历史小说《伊斯莱尔·波特》。1857 年他出版了最后一部长篇小说《骗子的化装表演》。后来,麦尔维尔停止了小说创作而转向诗歌。临终前数月,他完成了诗作《海员比利·巴德》。1891 年 9 月,麦尔维尔辞世。

二、赫尔曼·麦尔维尔的小说分析

麦尔维尔小说中的主人公都有相似之处,《泰比》中的汤摩、《奥穆》中的无忧无虑的航海者、《玛第》中的培基、《莱德伯恩》中的莱德伯恩、《白外套》中的"白夹克"、《皮埃尔》中的皮埃尔等,都是作者的化身,有着相似的思想以及行为模式,他们都是从一个腐朽的世界逃离而进入"另一天地"中,从而在更理想的社会环境中生活。

在麦尔维尔的众多小说中,影响最大的是《白鲸》,虽然这部小说在刚面世时受到了冷遇,但是在麦尔维尔逝世之后,人们才发现《白鲸》展现了一个具有跨时代意义的悲剧。

《白鲸》记叙了裴廓德号捕鲸船船长亚哈与鲸中之王"白魔"莫比·狄克间的殊死决斗。亚哈曾被白鲸咬断一条腿。为了报仇,他决定要不惜一切代价去捕杀那只白鲸。他将一枚金币定在桅杆上,作为首先发现莫比·狄克者的奖赏,所有船员都被他的激情驱使着。在追逐白鲸的过程中,亚哈变得疯狂、偏执。经过不懈的追寻之后,白鲸最终出现,全体船员与它展开了殊死搏斗。第一天,白鲸掀翻了一艘小艇;第二天,另一艘小艇也遭受厄运,亚哈的假腿也折断了;第三天,莫比·狄克被击中,亚哈被投叉线缠住,莫比·狄克在下沉的时候,把他和全体水手拖入海底,最后的结局是鲸死人亡,同归于尽,只有一个名叫以实玛利的人,也就是故事的叙述者侥幸活命。

在《白鲸》中，麦尔维尔塑造了亚哈这样一个反叛的、与命运抗争的悲剧英雄形象。亚哈勇敢顽强，为了维护自己的个人尊严，突出个人意志，他可以无视他人自由，不惜牺牲他人性命。在仇恨面前，亚哈丧失了理智和人性，成了最孤独、最痛苦的人。他将裴廓德号引向了深渊。他说：

> 啊，孤寂的生和孤寂的死啊！现在我觉得我的至高的伟大就寓于我的至高的悲伤中。嗬，嗬！我整整一生所经历过的勇敢的波涛呀，你现在尽管打四面八方排山倒海地来，在我的垂死的浪潮上再加上一层吧！我要滚到你那边去了，你这杀人不眨眼而无法征服的大鲸，我要跟你扭斗到底；到了地狱，我还要跟你拼一拼；为了泄恨，我要朝你啐最后一口唾沫。让所有棺材和棺架都沉在一口大水塘里吧！既然什么都不可能是我的，那么，我就把什么都拖得粉碎吧，虽然我被捆在你身上，我还是在追击你，你这该死的大鲸！

从这段亚哈的自白中，我们可以感受到他的不服输，他的自大与不顾一切。他已经把白鲸看成了自己毕生要追求的目标，对于他而言，世界为他而存在，世人为他而牺牲。在白鲸的身上，亚哈看到了一股凶暴的力量。他偏执地认定这种力量是受一种不可思议的恶念所支持的，这种不可思议的东西正是他最憎恨的，因此，他才发誓要不惜一切代价抓住白鲸，即使是牺牲生命也在所不惜。

在亚哈的身上，我们可以看到他性格的多重性。他敢于反抗神明、反对习俗常规、坚毅无畏、百折不回、骁勇善战，他“跟可怕的大海斗争了 40 年”，他有着“高尚的灵魂，伟大、古朴的心胸”。他操鱼枪敏捷而又准确，他曾刺中过无数的大鲸。他遭受过挫折，但他从没有气馁。在他身上善与恶并存、美与丑相共。

与亚哈的形象形成对比的是讲述者以实玛利。与麦尔维尔其他小说中的主人公一样，以实玛利是一个“逃离者”。书中写道：

> 管我叫以实玛利吧。几年前——别管它究竟是多少年——我的荷包里只有一点点，也可以说是没有钱，岸上也没有什么特别教我留恋的事情，我想我还是出去航海一番，去见识见识这个世界的海洋部分吧。这就是我用来驱除肝火，调剂血液循环的方法。

一开始，以实玛利对亚哈充满了崇敬之情，但是渐渐地，他发现亚哈变得癫狂了，最终，他同意了大副斯达巴克的看法，亚哈疯了。他认清了亚哈被无法遏止的仇恨所折磨，妄自尊大，变得心灵冷漠自私的本质，并且认为如果亚哈继续执着下去，只能是死路一条。而事实也证明了以实玛利看法的正确，亚哈最终葬身大海。以实玛利在寻求知识与价值的航行中，以实玛利开始领悟到爱与友谊的意义，拥有了美和善的信念。可以说，以实玛利从亚哈的毁灭中发现了生活的真谛。也正是因为有了这样的发现，以实玛利才最终得以生存下来，并向世人讲述亚哈与白鲸之间的故事，以启发更多的人。

《白鲸》中的那只白鲸，象征着自然的力量，它既和善又凶狠，既危害人又对人有益，它既庞大、野蛮又变幻无常、美妙无穷。同时，白鲸也象征着上帝，是基督教的神的面具。亚哈对白鲸的仇恨，事实上也是对上帝的仇恨，亚哈认为上帝要为世间所有的一切负责。

可以说，《白鲸》是一部莎士比亚式的悲剧，它讲述精神的、感情的、肉体的死，通过这部小说，麦尔维尔似乎在表明，所谓超验主义的和谐，即自我融于无限的和谐，是哗众取宠之语，不仅不符合生活实际，也不能解释世上存在的令人痛苦的邪恶现实。可以说，亚哈正是由爱默生笔下的自助者极端发展而来的个人主义与唯我主义形象，他的死亡意味着超验主义者所提出来的理论是行不通的。

在《白鲸》中，很多的景物和细节描写都有象征和暗示意义。例如，烟斗代表生活中的享乐，在客店里以实玛利和季奎格分享一个烟斗，暗示着他们之间已结成了有福同享的友谊；二副斯德布烟斗不离口，说明他一味追求享乐；而亚哈将烟斗投进大海，则表明他宁可抛弃享乐，也要捕杀白鲸的决心。另外，陆地和海洋也有着明显的互相对立的象征意义：陆地象征着安闲舒适，海洋象征着凶险莫测；陆地代表着封闭自足，海洋代表着冒险求知。

总之，《白鲸》预见到了 19 世纪末“镀金时代”的失望情绪。许多评论家认为《白鲸》是“美国想象力最辉煌的表达”，麦尔维尔常常故意中断故事的叙述，插入大量的有关捕鲸业和大鲸的知识，旁征博引，使得小说犹如一部百科全书，具有一定的科学性和严密性，从而增强了小说的知识性和真实性。他还常常在叙述故事和描写景物的同时，直接出来和读者对话，直抒胸臆，大发议论，这样便增强了小说的力度和深度。麦尔维尔也因此成了享誉世界的著名作家。

第二章　美国现实主义小说的发展与创作

现实主义小说是美国文坛上一朵瑰丽璀璨的文化之花。19世纪后半期，美国文坛上的浪漫主义风尚开始消逝，取而代之的是现实主义风潮的兴起。一些作家继承了现实主义的创作方法，抨击丑恶的现实，推动了美国现实主义小说的发展。进入20世纪之后，美国的现实主义文学继承了19世纪现实主义文学创作的传统，在新的历史条件下，现实主义出现了新的特征与倾向，并出现了一批优秀的现实主义作家和作品，使得美国文坛迈入了一个现实主义文学繁荣兴盛的时代。

第一节　美国现实主义小说的发展与创作概况

19世纪，随着社会竞争越来越激烈，贫富不均问题日益突出，面对普遍物化、功利化的社会现实，美国文学创作的批判性与揭露性也越来越强。南北战争是美国文学的分水岭，这场长达五年之久的战争使很多人从超验主义的赞歌和浪漫主义的乐观中清醒过来，开始对人性、人生、自然界和上帝的许多观点提出质疑。美国作家也逐渐意识到启蒙主义与浪漫主义都不能解决现实社会中存在的问题。于是，他们开始用冷静的眼光来看待现实社会，开始务实、客观冷静地分析与解剖现实，创作出来的作品也表现出写实性与批判性。南北战争之后，现实主义作家主张运用现实主义手法来写人生，写平庸的人和事，写生活中存在的卑贱、低微、阴暗，主张要正视人生、讲出真话。

19世纪时期的美国现实主义文学是以批判黑奴制度的废奴

文学为发端。这个时期出现了一系列的废奴小说。这些废奴小说主要展示了美国的社会现实，揭露了蓄奴制的罪恶，有着明显的现实主义特征，但从某种程度上来看，仍然带有一些浪漫主义色彩，如注重人物传奇式的经历，情节曲折离奇等。随着资本主义的进一步发展，资本主义的弊端在逐渐显现。城市化的提速加深了新型城市与偏僻山区和粗陋的矿区等地的差异，这种差异引起了美国作家的关注，使得乡土文学逐渐发展起来，并成为美国现实主义文学的一个重要分支。马克·吐温（Mark Twain，1835—1910）是乡土小说的典型代表，他的《卡拉弗拉斯县的著名的跳蛙》《竞选州长》《镀金时代》《汤姆·索亚历险记》《王子与贫儿》《哈克贝利·费恩历险记》《在亚瑟王朝廷里的康涅狄克州美国人》等都是极为典型的乡土小说，马克·吐温从民主理想出发，以幽默讽刺为武器，以美利坚合众国的社会生活为题材，根植于人民生存的土壤，大胆揭露了美国社会的腐败、种族歧视和虚伪民主的种种罪状。与此同时，马克·吐温还将美国的地方俚语写进了小说中，从而使其作品呈现出了美国特色。到了19世纪80年代后期，垄断资本主义的出现与发展使得阶级矛盾、劳资矛盾、贫富矛盾进一步加剧，美国现实主义作家，如威廉·迪恩·豪威尔斯（Willian Dean Howells，1837—1920）、欧·亨利（O. Henry，1862—1910）等将目光投向了个人与环境的尖锐对立，并塑造了一批反抗社会的个人主义者形象，同时也对资产阶级民主、自由的局限性、虚伪性进行无情的批判，并对广大下层人民的不幸遭遇寄予深切同情，热情颂扬了他们在深渊中表现出的高贵品质和无私情怀。总之，19世纪的美国现实主义小说为20世纪美国现实主义小说的进一步发展打下了坚实的基础。

20世纪上半叶，美国的现实主义小说仍有强大的生命力。首先，它继续辛辣地讽刺资本主义社会的罪恶，并进行严正的批判，捍卫民主理想，提倡自由精神。其次，它自觉或不自觉地接受了社会主义思潮的影响，对社会问题的根源进行深入的分析，由此塑造了一批崇高的劳动人民形象。最后，它受到了自然主义理论的冲击，使得一些现实主义作家的创作观念和作品虽然在本意上对社会与人类的现实进行反映，但是在描写客观性与社会性、个性与共性的时候表现出了自然主义的风格和内容，企图以工业化、物质文明高度发展的时代为背景表现出对人性的本质的困惑。

西奥多·德莱塞(Theodore Dreiser，1871—1945)、厄普顿·辛克莱(Upton Sinclair，1878—1968)、辛克莱·刘易斯(Sinclair Lewis，1885—1951)等都是20世纪著名的现实主义小说家，西奥多·德莱塞的《嘉莉妹妹》《珍妮姑娘》《欲望三部曲》和《美国的悲剧》等都是著名的现实主义小说作品，他的作品忠实地描绘了他所处时代的风貌。在垄断资本、机械文明发展的时代，他以犀利的笔锋揭示出社会生活不同层次的真实面貌，披露出富者的豪横，贫者的可怜可悲，以及美国梦破灭的痛苦过程。厄普顿·辛克莱的现实主义小说代表作主要有《屠场》和《波士顿》等，辛克莱是“黑幕揭发运动”的代表作家，他以自己的亲身经历描绘从第一次世界大战开始至第二次世界大战结束的历史进程，他用马克思主义观点剖析和诠释美国文化，作品结构紧凑，主题深刻。辛克莱·刘易斯的代表性作品有《大街》《巴比特》《阿罗史密斯》和《多兹华斯》等。刘易斯继承和发扬了马克·吐温优秀的现实主义文学传统，以刚健有力的笔调和讽刺幽默的对比手法描绘了美国中西部小镇20世纪20年代的社会生活。

第二节　乡土文学的实践者——马克·吐温

一、马克·吐温的生平与创作概况

马克·吐温(Mark Twain，1835—1910)本名塞缪尔·郎荷恩·克莱门斯，出生于密苏里州的佛罗里达村。父亲是乡村律师，收入微薄。4岁那年，他随父母移居密西西比河畔。12岁时，父亲去世，他独自谋生。自1853年起，他开始周游圣路易斯、纽约、费城、依阿华州的基厄卡克及辛辛那提等地，靠当印刷工度日。1856年，他乘轮船沿密西西比河南下到新奥尔良，计划前往亚马逊河去闯荡一番，不料终未成行，结果拜了河上的领航员为师，成为名副其实的领航员，实现了他童年的一个梦想。在密西西比河上，他经常听到轮船上的水手在测量水深时呼喊："马克·吐温！马克·吐温！"意思是说水有12英尺深，轮船可以安全通过。于是，他便将马克·吐温作为自己的笔名。1861年，美国南北战争爆发，马克·吐温离开轮船到了南部某部队，不久便退伍与哥哥奥里昂去了内华达，在奥里昂被政府派往中西部内华达州领地就任行政秘书时，马克·吐温也一同前往。这时适逢西部"淘金热"高潮，马克·吐温也参与其中，他将自己当领航员时的全部积蓄都投入到银矿勘测和伐木中。后来投资失败，他无奈又提笔为报纸撰稿。1864年，马克·吐温到旧金山，任《晨报》记者，正式踏上文学创作的历程。同年，他根据自己在一个矿区避雨时听到的故事写成短篇小说《卡拉弗拉斯县的著名的跳蛙》并于次年发表。1867年，他的短篇小说及札记集《卡拉弗拉斯县的著名的跳蛙》面世，这标志着他的文学生涯的开端。不久后，他开始挖掘较深的社会问题，1870年发表了著名的短篇小说《竞选州长》《哥尔斯密斯的朋友再度出洋》，揭露了美国社会的虚假民主本质，显示出作品中的讽刺成分，表明了他开始从一个幽默作家到社会批评家的转变。从19世纪70年代初开始，马克·吐温步入了创作的鼎盛时期，思想更加成熟。1874年发表了长篇小说《镀金时代》，1876年发表了《汤姆·索亚历险记》，表明作者对现实的理解进一步深化，加强了作品的辛辣讽刺和冷静揭露的成分。1882年发表了《王子与贫儿》。1883年、1884年分别发表了长篇小说《在密西西比河上》和《哈克贝利·费恩历险记》，这两部作品与《汤姆·索亚历险记》被誉称为"密西西比河三部曲"。1889年，他推出历史题材小说《在亚瑟王朝廷里的康涅狄克州美国人》，和

《王子与贫儿》一样，小说借古喻今，针砭时弊，表明了作者对现实更为清醒的认识，其民主主义思想也发展到了高峰。19世纪80年代末，马克·吐温经营的出版公司以及投资入股的“佩奇排字机”工程每况愈下，经济陷入困境。1891年，他移民到欧洲，以期节省开销，但是这也于事无补，1893年，他不得不宣布破产。为了偿债，他带着妻子和女儿开始巡回演讲，先在国内，后至加拿大，踏上了环球旅行的长途跋涉之路。他到过澳大利亚、新西兰、锡兰（今斯里兰卡）、印度，最后到非洲。在国外期间，他的幼女被检查出患癫痫症，而长女又死于脑膜炎，妻子体质迅速恶化，成为长期病人。与此同时，美国社会贫富不均，道德风尚败坏。个人的不幸和对社会的不满改变了马克·吐温的思想，他的写作风格从乐观主义变为悲观主义，幽默让位于尖刻的讥讽和抨击。他1897年发表的《赤道环游记》详细记述了他在那几年的经历。19世纪90年代后期到20世纪初，马克·吐温在一系列议论、杂文、游记中，都鲜明地表现出反对帝国主义侵略扩张的立场，尤其在《败坏了哈德莱堡的人》中，其批判的锋芒更为锐利炽烈。1904年，他的妻子卒世，1909年圣诞节前夕，他的小女儿也突然病逝，马克·吐温的身体更加虚弱，也变得更加忧郁，次年在二女儿的陪伴下辞世。

二、马克·吐温的小说分析

作为一位颇受欢迎的小说家，马克·吐温深化了乡土小说的创作，他总是从自己最熟悉的地区和人民生活中汲取创作素材，运用人民的语言，描写人民的生活，刻画他们的性格和灵魂。他认为，如果作家都遵循这一原则进行创作，美国人民和美国生活的全貌便会如实地展现在世人面前，也只有这样，才会写出“伟大的美国小说”。马克·吐温在自己的创作中大量使用方言和口语，并对美国文学语言的革新产生了重要影响，奠定了美国口语化风格的基础。评论家认为，马克·吐温使美国文学真正美国化。下面主要对其代表性作品《卡拉弗拉斯县的著名的跳蛙》《竞选州长》《镀金时代》《汤姆·索亚历险记》《王子与贫儿》《哈克贝利·费恩历险记》《在亚瑟王朝廷里的康涅狄克州美国人》等进行简要分析。

《卡拉弗拉斯县的著名的跳蛙》是马克·吐温的成名作，根据流传很久的民间故事改写而成。马克·吐温在改编中融进自己的创意，尽情地嘲弄了斯迈利之辈游手好闲，又想发意外财的懒汉心态，情节生动，诙谐有趣。故事开首，“我”应东部友人之托，前去拜访慈祥絮聒的老西蒙·惠勒。老惠勒坐在采矿营地一处破落酒吧里的炉边，讲述了吉姆·斯迈里的故事。吉姆·斯迈里是一个赌博成瘾的痞子，他全部的兴趣就在于一刻不停地下赌注：他养马、养狗、养猫、养鸡都是为了押赌。有一次，他竟捉来一只青蛙打赌。吹嘘说这只青蛙除了可以翻筋斗、捉苍蝇外，还会跳高，而且比卡拉弗拉斯县任何一只青蛙都跳得更高。然而当他用青蛙和一个外乡人打赌时，他却失败了。因为外乡人乘机要了一个诡计，将打鹌鹑的玻璃球灌进了斯迈里的青蛙肚里。外乡人若有所思所指地说：“我看不出那只蛙什么地方比其他的好。”这话恰好应在无名小蛙胜大蛙的滑稽收尾上。小说的最后，外乡人拿起赌钱扬长而去，而斯迈里因此气得发疯。

《竞选州长》发表于美国南北战争结束后五年。1865 年，战争刚一结束，接替林肯总统位置的约翰逊就赦免了一部分叛乱的奴隶主。此时，北方的投机商、南方的奴隶主、臭名昭著的三 K 党肆虐横行。当时美国总统与各州州长都是由两党竞选而产生，民主党与共和党各自拉选票，不惜重金收买想在竞选中获胜，两党互相攻击，不惜造谣中伤。小说反映了这一黑暗的社会现实，为美国的“民主”描绘了一幅绝妙的讽刺画。小说的主人公“我”是一个准备参加州长竞选的候选人，但由于其他竞选者的造谣中伤，“我”愈是真诚地相信美国民主，愈是陷入深渊，而助长这种可耻行径帮凶的就是一贯标榜正直、自由的报纸。小说用一系列事实说明，一个声望较好的独立党的候选人，竟被共和党和民主党把持的报纸诬陷为“伪证犯”“小偷”“盗尸犯”“酒鬼”“舞弊分子”和

“讹诈犯”，最后，“我”百口莫辩，不得不放弃了竞选：

> 我降下旗帜投降。我不够竞选纽约州州长运动所要求的条件，所以，我呈递上退出候选人的声明，并怀着痛苦的心情签上我的名字：“你忠实的朋友，过去是正派人，现在却成了伪证犯、小偷、拐尸犯、酒疯子、贿赂犯和讹诈犯的马克·吐温。”

这部小说通过州长的竞选过程，深刻地揭示了美国“民主”“自由”的真相，把批判的矛头直指垄断美国政局的共和、民主两党，为美国的“民主”描绘了一幅绝妙的讽刺画。小说采用的是第一人称手法，从一件件具体的事情中，通过“我”的感情变化来塑造一个“忠实的”独立党人“马克·吐温”的形象，具有强烈的真实感，深入而细致的心理描写，具体而复杂的感情变化，使读者对“我”倍感亲切，从而更加痛恨竞选对手们的卑鄙、无耻，使揭露更为有力。小说的语言也非常幽默，情节场面都很滑稽，夸张与正反颠倒的手法，取得强烈的喜剧效果，赋予了小说极大的思想意义和艺术魅力。

《镀金时代》是马克·吐温与查尔斯·达德利·华纳合写的小说，也是他的第一部长篇小说。小说讽刺和批判了在南北战争后随着资本主义的迅速发展而出现的政治上的腐败现象和弥漫在美国社会中的“投机”风气。小说从贫穷的霍金斯一家从田纳西迁居到密苏里，想投靠亲戚开始，随后对从西部边疆到东部政界的社会进行了广泛的描写。在马克·吐温所写的那部分内容中，他主要塑造了塞勒斯上校和参议员狄尔华绥两个人物形象。塞勒斯在马克·吐温的其他作品中多次出现。他表面上不计得失、彬彬有礼、慷慨大方，实际上是个幻想发财的小市民。马克·吐温把他的处境与幻想进行了鲜明的对比，创作了幻想发财的美国小市民形象，反映了内战后弥漫在全国的拜金主义和投机风气。小说中的参议员狄尔华绥是个典型的政客兼企业家，他满口仁义道德，但却巧舌如簧、无恶不作，为了拉选票，他慷慨陈词，暗中却干着贿赂其他议员的勾当。他利用萝拉俊秀的仪容为他搞"院外"活动，还借口为解放的黑人造福而建立了所谓的"园园岗大学"，他唆使国会通过议案，拨出巨款，企图从中牟取暴利。作者通过对这个人物的描写，无情地揭露了内战后美国政府普遍存在的政治腐败现象。这部小说在对政客等其他人物的描写上都有事实根据，真实地再现了那个时代投机家、政客、企业家的所作所为。

《汤姆·索亚历险记》以美国密西西比河流域的农村和小市镇为背景，描述了两个儿童外出冒险的经历，具有浓厚的地方特色。小学生汤姆·索亚的双亲在他幼年时就去世了，他因此被波莉姨妈收养。汤姆非常聪明，也很顽皮，他对家庭生活的刻板和拘束以及对充满宗教气息的学校教育感到厌恶，于是便常常弄一些小恶作剧。有一次，他和好朋友哈克一起从家中逃出到野外去探险，在一座墓地中，他们无意中目睹了一起凶杀案的发生。后来，在法庭上，经过激烈的思想斗争，汤姆终于勇敢地站出来，指证了凶手。不久之后，在一次野餐活动中，他与他喜欢的女孩碧琪在一个岩洞里迷了路，他们还在山洞里看到了凶杀案的凶手——印第安·阿祖。最终，汤姆靠牵着绑在石头上的风筝线探路而找到了出口，走出了山洞，出来之后，村里人发现了他们，汤姆向这些村民讲述了自己和同伴在山洞中的经历，之后，村里人便到山洞中寻找印第安·阿祖，当他们找到印第安·阿祖时，他已经饿死了。最后，汤姆和哈克重返山洞，找到了一笔宝藏，成了这个村的小英雄。这部小说通过对汤姆的经历和行为的描写，抨击了美国资产阶级道德和宗教的虚伪以及刻板陈腐的学校教育，讽刺了美国小市民的庸俗、保守、愚昧以及贪婪，以欢快的笔调描写了少年儿童自由活泼的心灵。这部作品以其浓厚且深具地方特色的幽默和对人物的敏锐观察，成为最伟大的儿童文学作品之一。

《王子与贫儿》讲述了王子爱德华和贫儿汤姆通过一个阴差阳错的偶然机会互换了位置的故事，衣衫褴褛的贫儿汤姆·康梯一次偶尔路经王宫时，同模样与他酷似的王子爱德华互换了衣服，结果爱德华流落在外，而汤姆却在老国王病逝之后戏剧性地登上了王位，成了大英帝国的君主爱德华六世。汤姆登位之后，虽然由于对宫廷规则的烦琐和雍容华贵的生活不习惯而出了不少洋相，但凭着他的聪明机灵，不但通过了一个个难关，而且真正使百姓受到恩泽，国家变得安宁。他下令废除了残酷的法律，赦免了无辜的"罪犯"，改革了国家不合理的政体，颁布了深得民心的法令。与此同时，王子爱德华在社会的底层历尽艰难困苦，当过流浪儿，进过牢狱，受过侮辱，挨过饿受过冻……这些他过去连想也没想到过的种种不幸生活使他多少体会到民间的悲惨与穷困，同宫廷中穷奢极欲的豪华生活相比真是天壤之别。这部小说通过王子爱德华和贫儿汤姆互换了位置的故事，描绘了 16 世纪英国劳动人民在封建专制制度的残酷剥削、压迫下的苦难生活。作家正是以此来影射 19 世纪美国的社会现实。

《哈克贝利·费恩历险记》是马克·吐温较具代表性的长篇小说，取材于美国本土的现实生活。小说以作者最为熟悉、最为眷恋的密西西比河为活动场景，以儿童的历险漫游为情节线索，绝妙地展示出一个闪烁友谊光芒、向往自由的童心世界。从表面上看，这部作品似乎只是一本儿童读物，实际上它对美国南北战争以前的南方腐朽文明进行了精辟的分析。难能可贵的是，作者在作品中对野蛮残暴的奴隶制度和美国的种族歧视政策进行了激烈的批判。小说讲述了 19 世纪中期前后美国发生的一个故事。小说的主人公哈克贝利·费恩的父亲是个酒鬼和无赖，他经常抛下儿子，外出游荡。哈克贝利由寡妇道格拉斯收为养子，寡妇的姐姐华森小姐是个老处女，她们常常以宗教教义和体面规矩教导哈克贝利。但哈克贝利厌恶这种修道院式的教化生活。于是，为了追求自由的生活，他偷偷地带了食物、猎枪、弹药，划着一张木筏，逃亡到密西西比河上。在逃亡的路途中他遇到了华森小姐家的黑奴吉姆。吉姆是一个勤劳朴实、热情诚实、忠心耿耿的黑奴，他为了逃脱被主人再次卖掉的命运，从主人家中出逃。于是两人决定一起乘坐木筏出走。华森小姐发现黑奴吉姆逃跑后，以 3 000 元作为悬赏捉拿吉姆。当时有两个持枪者前来追捕吉姆，他们赶到河边，要上木筏搜查。哈克贝利凭借着自己的机智和勇敢，克服了胆怯，帮吉姆逃过了追捕。两人在相互依靠中结下了深厚的友谊。在旅途中，他们一直找不到通往卡罗镇的道路，反而遇上了自称“国王”和“公爵”的两个骗子。两个骗子邪恶狡诈，他们背着哈克贝利卖掉了吉姆，并盘算将他转卖给菲力浦家当奴隶。哈克贝利本想写信告诉华森小姐，请她派人赎回吉姆。但仔细一想，这样做将使吉姆永远失去自由。刚巧，哈克贝利遇上好友汤姆，并一起营救吉姆。他们历经种种惊险场景，终于把吉姆救了出来。这时，他们得知华森小姐已经去世，根据她的遗嘱，吉姆得以恢复自由，成为一个自由的人。而哈克贝利则不愿在约束中生活，决定到印第安人的保留地去，寻找自己新的生活。

这部小说真实地再现了美国当时的社会生活。小说所刻画的人物和描述的事件多在南方现实生活中有底本可言。哈克贝利与他的父亲、吉姆、骗子等，都有真实的生活原型。奴隶制、富室大户间的宿仇与格斗、“文明”与“野蛮”两种状态的对立，自作主张，无视法纪或私设公堂，以及最荒唐可鄙的江湖行骗等，所有这些以及其他许多事件都通过现实手法详尽描绘而重现在读者面前。另外，在小说中，马克·吐温激烈地抨击了上升时期美国社会的黑暗面，对蓄奴制进行了尖锐的批判。在他的笔下，黑人不是那种常见的逆来顺受的奴隶形象，小说中的黑人吉姆被描绘成一个浑厚、善良、总的说来不卑不亢的可爱形象，吉姆在思想上是独立的、自由的，他不听从命运的摆布，内心希望得到人的自由和尊严。不分种族、肤色，人人都享有自由生活的权利，是马克·吐温民主思想的一个重要内容。

《在亚瑟王朝廷里的康涅狄克州美国人》是体现马克·吐温思想倾向的重要小说。小说通过 19 世纪一个美国科尔特兵工厂机械车间的头头汉克·摩根梦游 6 世纪封建骑士时代的英国社会的荒诞故事，借古讽今，对现代文明进行更直接、更形象的批判。这位“经营家”兼“发明家”向6世纪的英国人民传播了19世纪的思想文明，他发明节省劳力的机械装置，鼓动改革，企图为落后的封建王朝建立理想、幸福、平等、自由的国家。他维护民主，与亚瑟王周围的封建势力坚决斗争。他废除奴隶制度，推翻天主教会，建立民主制度。但小说结尾写到美国人用19世纪的先进技术大肆屠杀6世纪的英国军队，最后，摩根把自己建立起来的“新世界”连同旧势力“统统炸掉”，本人也被魔法制服，要昏睡13个世纪才能苏醒。在这部小说中，马克·吐温充分寄托了自己的资产阶级民主理想。作品既是对封建时代的揭露批判，又影射了美国当代社会现实。“人类掌握先进技术不是用于造福人类，而是用来毁灭人类。”这样，作品的“反现代文明”的主题便得到了升华。

总体来说，马克·吐温是极为典型的乡土文学的实践者，他从民主理想出发，以幽默讽刺为武器，以美利坚合众国的社会生活为题材，根植于人民生存的土壤，大胆揭露了美国社会的腐败、种族歧视和虚伪民主的种种罪状。与此同时，马克·吐温还将美国的地方俚语写进了小说中，从而使作品呈现出了美国特色。

第三节　现实主义文学的奠基者——威廉·迪恩·豪威尔斯

一、威廉·迪恩·豪威尔斯的生平与创作概况

威廉·迪恩·豪威尔斯（Willian Dean Howells，1837—1920）出生在当时靠近边地的俄亥俄州的一个村庄里，3岁时，他随家人迁至德托。豪威尔斯的父亲是一家周报的编辑，由于家境不富裕，豪威尔斯没有受过多少正规教育，他的童年是在报社印刷所

度过的。7 岁时，豪威尔斯便开始在报馆排字了。1852 年，豪威尔斯的父亲担任了另一家报社的编辑，全家随之迁往达伊吞。由于这家报社经营不善，豪威尔斯家的经济条件变得不是很好，两年之后，报社终于经营不下去了，豪威尔斯一家只好迁到乡下，以种田为生。在这个时期，豪威尔斯阅读了大量的文学名著以及有关历史的著作，受到了极大的启发和鼓舞，也激发了他的创作欲望。不久之后，他开始在哥伦布斯的《俄亥俄新闻报》做排版工作，业余时间学习了西班牙语、法语和意大利语。1856 年，豪威尔斯担任了辛辛那提《新闻报》的记者。1857 年，豪威尔斯开始担任《俄亥俄州报》的新闻编辑。由于他参与反蓄奴制活动，因而结识了政界一些人士，在林肯竞选总统期间，他应要求撰写出了《林肯传》。1860 年，《大西洋月刊》接受了豪威尔斯的五首诗，并且鼓励他继续创作，同时，他和另一作家约翰·特·派特共同创作出版了诗集《二友诗集》，在这一年，他以编辑身份访问波士顿，还前去拜访了爱默生和霍桑。这次访问对于豪威尔斯的创作生涯尤为重要。

在回到俄亥俄后一年左右，豪威尔斯接到林肯总统的任命，赴意大利威尼斯任美国领事。1861 年，豪威尔斯和新英格兰门第高贵的米德家族的埃利诺·米德在巴黎结婚，他们的第一个孩子在威尼斯降生。在威尼斯生活期间，豪威尔斯认真研读了意大利史、但丁以及意大利复兴运动前后的重要诗人的作品；翻译了剧作家哥尔多尼的回忆录，阅读他的感人的剧作。豪威尔斯还写了一些相关的评论文章，以及一些游记和诗歌，从这些作品中可以看出豪威尔斯的思想和文艺观发生了明显变化，他的现实主义文学创作观点开始形成并渐趋系统化。在威尼斯任职期满后，豪威尔斯没有从威尼斯直接返回俄亥俄，而是先到纽约，成为《国民》杂志“次要问题”栏的主持人。同时，他的创作生涯也正式开始。1866 年，《大西洋月刊》主编詹姆斯·T·菲尔兹邀他到波士顿任该刊助理编辑，1871 年他正式接过《大西洋月刊》主编一职时，开启了后人所说的“豪威尔斯的时代”。自 1871 年到 1881 年，豪威尔斯做了 10 年主编。在这个具有“生杀予夺权”的职位上，他对美国文学的发展做出了杰出贡献。1881 年，豪威尔斯辞去了《大西洋月刊》主编职务，携全家侨居欧洲一年。在此后的十几年中，他的创作达到顶峰，连续出版了多部佳作，如《现代婚姻》《晚秋之暖》《塞拉斯·拉帕姆的发迹》《安妮·吉尔伯恩》《时来运转》《来自奥尔特里亚的旅客》等小说。1886 年至 1892 年，他作为《哈珀杂志》的编辑也撰写了大量批评文章，继续传布现实主义的文学理论和观点。1908 年美国文学艺术协会成立时，豪威尔斯成为第一任主席。1920 年 5 月 11 日，豪威尔斯在睡梦中离世。

二、威廉·迪恩·豪威尔斯的小说分析

豪威尔斯被称为美国现实主义文学的奠基者。一方面，他是一位"温文尔雅"的现实主义作家。他崇信爱默生和惠特曼的理想，热爱祖国的文化与文明，相信一切会变得好起来。在他的小说创作中，他的"现实主义"并不是以剖析社会的矛盾为主要原则的。他认为现实主义忠实于生活，反映动机的真实可能性，他旨在寻求表现一般性和习惯性，而不是特殊性或独特的高尚或卑微现象，他写作的目的在于诉说美国生活的一些普通的特点。当然，这种理论常常使得他在描绘日常生活时忽视了重要的社会矛盾，使小说在反映重大社会问题方面缺乏力度。另一方面，豪威尔斯是一位忠实地再现生活的现实主义作家。他认为现实主义应当真实地处理和表现素材的本质，并率先提出小说的叙事角度应当客观、富戏剧性，应当以具有令人信服的动机的人物为坚实基础，小说语言应当来自于日常生活。他认为文学作品应当是某一特定地区生活具体细节的真实写照。下面主要对其代表性作品《晚秋之暖》《塞拉斯·拉帕姆的发迹》《时来运转》《来自奥尔特里亚的旅客》等进行简要分析。

《晚秋之暖》的女主人公莉娜是一名寡妇，已经 38 岁了，她和 12 岁的女儿埃菲住在意大利的佛罗伦萨，同时，她还是伊莫瑾·格雷厄姆的年轻女孩的监护人。后来她们遇到了西奥多·科尔维

尔，伊莫瑾喜欢上了比自己大很多的西奥多，莉娜也对西奥多产生了爱恋之情。而西奥多既迷恋伊莫瑾，也喜欢莉娜。莉娜作为伊莫瑾的监护人和三角戏中的一角，只能袖手旁观，而又很不甘心。她心怀妒火，又关心两个朋友的感情和命运。这种莫名其妙的情绪使得她言行乖戾、刁钻古怪。后来，西奥多意识到了年轻女子的幼稚，毅然决定出走，以斩断伊莫瑾对自己的情丝。而伊莫瑾也对这份感情进行了认真衡量，随着一个年轻求婚者的出现，她找到了新欢和归宿。最终，莉娜和西奥多终成眷属。在这部小说中，豪威尔斯对人物进行了细致的刻画，对场景的描写也十分真实，因此，小说受到了人们的好评。

《塞拉斯·拉帕姆的发迹》被认为是豪威尔斯最优秀的作品，同时也是19世纪美国现实主义的代表作之一。小说讲述的是19世纪中期波士顿一家暴发户的故事。主人公塞拉斯·拉帕姆来自维蒙特州的乡下，因在祖产上发现一种可以制成优质颜料的矿物而成为一个颜料制造商。他和妻子省吃俭用，用心经营，最后成为百万富翁。物质上已经丰富的拉帕姆对波士顿文雅的上流社会垂涎三尺，因此他在城里的高雅区内建了一所设计精妙、建筑材料高档的住宅，想以此作为进入上层社会的跳板。他的公司里有一个来自文雅但却清贫的上流社会家庭的名叫汤姆·考利的年轻职员。由于工作关系，考利有时会到拉帕姆家里，因而认识了拉帕姆的两个女儿——佩内洛普和艾琳，并和佩内洛普相爱。不久，拉帕姆在竞争中失利，濒临破产。而他的女儿佩内洛普也与汤姆的恋爱失败。在他困顿不堪之际，他以前的股东迫使他将那份已没有什么用途的产业卖给英国一家联合企业。拉帕姆本可趁机扭转局面，免遭灭顶之灾，但他不愿损人利己。经过一番激烈的思想斗争，他终因不能违背自己的良知而拒绝出售，最终破产，之后，他只好携妻女回老家务农。虽然他在经济上失败了，但是他得到了道德上的升华。最后，他的女儿嫁给了一个理想的丈夫。这部小说体现了豪威尔斯关于现实主义的理念。作者要表现的是一个积极向上的普通美国人形象，拉帕姆吃苦耐劳，靠着自己的聪明勤劳取得事业上的成功，最为重要的是，他在发迹的过程中也没有失掉自己的良心，面对沉浮抉择，他选择的是为大多数人的幸福着想。但是，这部小说显然具有理想性，结局过于美好了，缺乏现实主义应有的客观性和普遍性，不过其仍然不失为一部美国现实主义小说的代表作。

《时来运转》描写的是杂志社员工林陀与华尔街老板德莱弗斯在对待工人运动问题上的冲突的故事。林陀是杂志社的员工，是一名“社会主义者”，而德莱弗斯则是杂志社的后台老板。德莱弗斯由于和林陀的观点发生冲突，所以就想借着自己的权力开除林陀。但是杂志社的员工，包括德莱弗斯的儿子在内，都反对这种做法。后来，德莱弗斯的儿子在一次罢工运动中因救林陀而被警察误杀，德莱弗斯伤心之余，认为儿子的死是对自己的惩罚，他因此而转变了立场，并将杂志社廉价卖给其他员工，员工们觉得时来运转了。在这部小说中，豪威尔斯显然站到了受迫害的劳工的一边，但是尽管他接触到了非常尖锐的社会问题，可由于他对当时美国社会中的工人运动并没有很深的了解，因此在认识上仍存在一定的局限性，寄希望于统治阶级的转变，企图用温和的方式解决社会上的种种矛盾。

《来自奥尔特里亚的旅客》讲述的是来自乌托邦共和国奥尔特里亚的访问者何莫斯先生的故事。他到美国一个避暑胜地度假，碰到美国小说家特尔矛和一群富翁。于是，何莫斯在这些人面前传扬基督教社会主义，但是遭到大多数人的反对。而附近贫困的农民对何莫斯的讲说却表示热烈的欢迎。小说体现了作者对工业化带来的社会问题、道德堕落的忧虑，并提出解决的办法。他反对经济上的竞争和不择手段，他坚信自由贸易式竞争是人的残暴性的具体体现。但是他提出用基督教社会主义代替自由资本主义却带有很大的理想性和空想性，这是作者本身思想的局限所造成的。

总体来说，豪威尔斯的小说现实主义色彩浓烈，他的创作理论和实践对美国新一代作家产生了深远的影响，为现实主义在美国文学界扎根做出了重要的贡献。

第四节　短篇小说之父——欧·亨利

一、欧·亨利的生平与创作概况

欧·亨利(O. Henry,1862—1910)出生于北索罗来纳州格林堡镇。父亲当过医生,母亲受过良好的教育。他3岁时母亲去世,不久,父亲也辞世,他由姑母抚养长大,从小爱读文学名著。通过读书,他的词汇量剧增,这为他日后的文学创作奠定了坚实的基础。17岁左右,他到叔父的药店当助手,接触到不同的人,增长了社会知识,学会了观察人的言行举止。可以说,他日后的人物塑造的基本模式是在这个时期内定型的。1882年,欧·亨利任克萨斯州土地局制图员,业余时间练习写作。1884年,欧·亨利到奥斯汀,在一家药店做司药,同时创作消遣性诗歌和幽默短剧。不久,他又辞去工作,游荡了两年。1887年,他不顾女友父母的反对,与女友阿瑟·艾斯蒂私奔结婚。1891年至1894年,他到奥斯汀银行当出纳员并办了一个幽默周刊《滚石》,每周8版,多为幽默短文和讽刺小品,前后出版一年,最高销售量达1 500份,但经济上却是亏损的。1895年,欧·亨利为休斯敦《邮报》写了约60篇幽默小品。1896年,他被控挪用公款,逃往国外,后因妻子病逝不得不回国,并接受了指控,被判有期徒刑五年。因服刑期间表现好,刑期减为三年。他在狱中共写了14篇作品,如《口哨王迪克的圣诞袜》《乔治亚的判决》《午后奇迹》和《黑夹山来的买客》等,分别寄往各杂志刊登。出狱后,欧·亨利先去匹兹堡,后去纽约。在纽约,他左右逢源,如鱼得水。他在纽约的大街上不知疲倦地游荡,如饥似渴地品尝着这座大城市的色香味。他蛰居在偏僻的小客栈里,每日两瓶醇酒落肚,兴致勃勃,创作欲旺盛,新作频频出手，竟能同时向十几家杂志供稿，引起了人们的关注。1902 年，他发表了《命运之路》等 25 篇作品。1903 年，他与销售量 50 万份的《星期日世界》杂志签约，收入激增，从小客栈搬入豪华旅店。1904 年至 1907 年共写了 150 多篇小说，在全国出了名，各地报刊争相向他约稿。他的作品《麦琪的礼物》问世后轰动全国，《白菜与国王》出版后颇受欢迎。后来又出版了小说集《四百万》，销路很好。他因此得到鼓舞，又陆续印行了《修剪过的灯》《城市之声》《西部的心》《温文尔雅的贪污者》《命运之路》《选择》和《仅是公事》等 12 部短篇小说集。欧·亨利誉满欧美各国。1907 年底，他的身体状况日益恶化，创作倒退。1910 年 6 月 5 日，他酗酒过度染上肝硬化不幸病故，留下了大量债务。他去世后，遗作陆续问世，如《七七八八》《滚石》《流浪儿》和《附言》等。

二、欧·亨利的小说分析

欧·亨利一生在报刊上发表了 300 多篇短篇小说，与契诃夫和莫泊桑并列为世界三大短篇小说巨匠，被评论界誉为“美国现代短篇小说之父”。他的作品构思新颖，语言诙谐，结局常常出人意料，具有批判现实主义风格。下面主要对其代表性作品《麦琪的礼物》《市政报告》《最后一片叶子》等进行简要分析。

《麦琪的礼物》是欧·亨利典型的代表作。这部小说的情节非常简单，主人公吉姆和戴拉是一对租住在纽约普通公寓里的贫穷夫妻，他们一贫如洗，仅有两件值钱的东西：戴拉美丽的头发和吉姆的传家宝——一只怀表。圣诞节快到了，夫妻二人都想送给对方一件礼物，为此，吉姆悄悄地将怀表卖掉，为戴拉买了把梳子。戴拉则卖掉她的秀发，给丈夫配了一条表链。回家时，两人相对无语，虽然金表和秀发都不在了，但夫妻热烈地拥抱，沉浸在幸福中。物欲横流的社会里，这种真情给人带来无限的安慰，所以作品能够受到男女老少的喜爱，历久不衰。欧·亨利的作品大部分都属于这种“通俗的浪漫故事”类型。作家捕捉日常生活中一件件颇不起眼的事情的浪漫性内涵，并通过巧妙的文笔表现出来，其效果常令读者感到意外。

《仅是公事》中的《市政报告》讲的是美国南北战争后田纳西州纳斯维尔镇一个南方没落家庭的故事。叙述者是个记者，他以第一人称“我”介绍他采访当地女作家阿代尔的经过。黑人车夫凯撒大伯送他去了目的地，“我”给了他两美元，后来发现钱落在了阿代尔手中。阿代尔原为南方大户，现已家道衰颓，囊中羞涩，过着三旬九食的日子。阿代尔的丈夫凯斯威尔是内战时的少校，战后一蹶不振，依靠妻子生活。后来“我”代表出版社与阿代尔签约并预付50美元以补贴生活。“我”傍晚出外散步，又见到车夫凯撒大伯，他仍一如既往招呼乘客，只是大衣上的最后一只扣子不见了。两小时后，凯斯威尔少校遇害的消息传开，人们传言是某些黑人谋财害命，因少校那日下午曾在酒吧向人炫耀他有50美元，“我”在现场发现少校曾和人搏斗，右手紧握不肯松开，后来终于松开掉出一物：凯撒大伯大衣上的扣子。“我”此时才知道，原来凯撒大伯原是阿代尔小姐的黑奴，获得自由后仍对她忠诚，以自己的劳作所得接济女主人。今见少校颓废无救，行为可憎，为了使主人不受干扰，盛怒之下把他杀死。

小说通过一颗纽扣揭开了少校被杀的谜团，作者在“我”最初见到车夫时，就对他身上穿的那件旧军大衣进行了详细的描写，为后文埋下了伏笔：

> 以前，那一定是军官的大衣。大衣的披肩已经不见了，原先缀在前襟的漂亮的盘花横条和流苏也不见了。代替它们的是用普通麻线巧妙地捻成新的盘花横条，然后细心地缝上去的（我猜想大概是哪一位年老的“黑妈妈”缝的）。这些麻线也磨损得乱蓬蓬的。它们顺着早就消失的盘花横条的痕迹，不厌其烦、煞费苦心地给缀在大衣上，旨在代替往昔的气派。此外，使大衣的滑稽与悲哀达到顶点的是，所有的纽扣全掉了，只剩下顺数下来第二颗。大衣是另外用一些麻线穿过原来的纽孔

> 和在对襟上粗糙地戳通的洞孔系起来的。像这样装饰得古里古怪,颜色又是这么驳杂的奇特衣服确实少见。唯一的那颗纽扣有半元银币那么大,是牛角制的,也用粗麻线缝着。

这部小说结构安排非常巧妙,处处是骗局,但又处处是伏笔。所谓“市政报告”者,是报道城市情况的,人们也自然就期望读到一篇城市发展的报告了。读完之后才知道,小说内容并非如此。这是骗局之一。接下来穿插在故事中的不少文字,如说到纳什维尔是州府,它的占地面积、贸易情况等,仿佛小说确实要讲城市情况了,但事实并非如此,这是骗局之二。小说行文至六分之五处依然让人打不起精神,这是骗局之三。读者在阅读过程中读着无味,又不忍舍之,后来知道受骗后又忙着重新翻阅已读过的部分——这其实正是作家巧妙安排所欲取得的艺术效果。故事开头索然无味,接着人物一个个出场亮相,最后引起一场谋杀,仔细读来,令人动情,发人深省。作者往往在平常的叙述过程中来个出人意料的结局。有时令读者心灵振动,引起共鸣;有时令人捧腹大笑,连声叫好。如此匠心独运的构思使这部作品更具魅力。

《最后一片叶子》对小人物之间的真情进行了歌颂。穷画家琼珊得了重病,在病房里看着窗外对面墙上的常春藤叶子不断被风吹落,认为最后一片叶子就是她,最后一片叶子的凋谢就代表自己将会走向死亡,因此,琼珊没有生存下去的意志,只是消极地等待着那一天的到来。画家贝尔曼在听完苏艾讲述室友琼珊的事情后,夜里冒着暴雨,用笔画出了一片“永不凋落”的常春藤叶,让琼珊重拾了生存的意志,但贝尔曼自己却因此患上肺炎,去世了。在小说中,欧·亨利着力挖掘和赞美小人物的伟大人格和高尚品德,展示了他们美好的人性。

总体来说,欧·亨利的短篇小说几乎完全靠情节取胜,强调情节变化,加强了小说的故事性,而结局却十分巧妙,令人意想不到,有时惊其苦楚,有时惊其快乐,总的艺术效果是令人吃惊后得到美的享受,因而苦也生出某种笑来。这种精心设计的故事结局成了他的艺术风格的一大特色。

第五节　美国悲剧的描绘者——西奥多·德莱塞

一、西奥多·德莱塞的生平与创作概况

西奥多·德莱塞(Theodore Dreiser,1871—1945)出生于印第安纳州特雷乌特。父亲为逃避兵役,从德国移民美国,和一个农场主的女儿结了婚,婚后生下十个儿女,德莱塞是倒数第二个。起初,德莱塞一家的日子尚算小康,然而在德莱塞出生的前两年,其父亲经营的毛纺作坊遭遇了火灾,在重建时,父亲又受伤致残,于是,家庭的收入没有了着落,全家开始为了生活不断搬迁。他的父亲从此再也没有振作起来,后来在贫困和失意中遁入天主教信仰的庇护中。之后,照顾家庭的责任就落到了德莱塞的母亲身上,为了让孩子们免受挨冻之苦,她携带子女 6 次移家。为了维持生计,他的母亲还要出外帮工,一直没有过上舒心的日子。德莱塞的兄弟姐妹的某些表现在他的脑海中留下了深刻印象。他的一个姐姐曾和一个男人同居,后又通过他和另一位年纪更大然而却更富有、更有教养的已婚男人相识,此人窃取公司巨款带她出逃至加拿大,后来又同意送还大部分赃款以求得雇主放弃起诉。这一事件被他运用到日后的小说创作中。德莱塞上过几年教区学校,由于家庭的困顿,12 岁便辍学开始自谋生计。15 岁只身离家到芝加哥,做过洗碗、赶车等杂工。18 岁时,一位中学老师资助他读了一年大学。他刻苦自学,进步很快。之后,他担任了芝加哥《每日环球报》的巡回记者,为期十年。离开芝加哥后,他到了圣路易斯,并先后在《共和国》和《环球民主主义者》等报刊工作。之后,他逐步东移,最后在匹兹堡落脚,为《电讯》报工作。记者生涯使他有机会观察美国城市社会的生活全貌,洞察贫富两个

阶层的内心状貌。他看到了贫民窟穷得可怜，也看到了豪门中的富得可恶。这些都为他提供了文学创作的基本训练和物质准备。在匹兹堡期间，他在公众图书馆读到巴尔扎克的作品，顿觉豁然开朗。他似乎找到了文学创作的楷模。在1893年左右，他发现了赫伯特·斯宾塞的著作，如饥似渴地阅读，以求获得一种可以用来诠释人生的哲学思想。1894年，德莱塞到纽约任《世界》和《每月》杂志记者。1899年秋开始试写小说。1900年《嘉莉妹妹》正式出版，令德莱塞没有想到的是，《嘉莉妹妹》受到许多指责和攻击。有的批评它文字粗糙，艺术性差；有的抨击它风格粗俗，不道德。德莱塞为此遭到严重的精神打击，几乎自杀，幸好他哥哥送他去疗养，让他渐渐康复。1911年，辍笔整整十年的德莱塞发表第二部长篇小说《珍妮姑娘》。它是《嘉莉妹妹》的姐妹篇，很快受到广泛赞扬。珍妮悲剧的命运引起人们的同情和义愤。德莱塞深受鼓舞，自1912年起，德莱塞经历了长达15年的创作高峰期。《欲望三部曲》的前两部《金融家》和《巨人》问世。第三部《禁欲者》(又译为《斯多噶》)直到作者去世之后的1947年才出版。德莱塞1915年发表颇富自传色彩的《天才》引起一场轩然大波。纽约一个名为"铲除罪恶协会"的组织掀起一股禁售此书的风浪。然而这时已是20世纪，德莱塞也已今非昔比，许多作家都支持德莱塞，最后风波逐渐平息。在创作长篇的同时，德莱塞还写了不少短篇小说、戏剧、散文和自传等，如《关于我自己》《德莱塞看苏联》《妇女列传》以及自传《曙光》和《堡垒》等。1925年是德莱塞名震天下的一年。这一年他推出《美国的悲剧》，该部小说在评论界和读者中间引起热烈反响。不少人认为，这部小说是德莱塞的传世作。德莱塞也庆幸自己终于写出一部畅销书。1945年，德莱塞在加利福尼亚去世。

二、西奥多·德莱塞的小说分析

德莱塞是一位多产作家。他一生辛勤笔耕50载，出版了8

部长篇小说、4 本短篇小说及札记集、4 部游记、两部自传、一本诗集、一本剧作集，以及 4 部杂文集。他的作品忠实地描绘了他所处时代的风貌。在垄断资本、机械文明发展的时代，他以犀利的笔锋揭示出社会生活不同层次的真实状貌，披露出富者的豪横，贫者的可怜可悲，以及美国梦破灭的痛苦过程。在美国文学史上，很少有人能像他那样全面透视他所生活的社会的机体，并展现出它令人惊骇的图像。可以说，德莱塞是当之无愧的美国文学巨匠。下面主要对其代表性作品《嘉莉妹妹》《珍妮姑娘》《欲望三部曲》和《美国的悲剧》进行简要分析。

《嘉莉妹妹》是一部反映时代急剧变化的长篇小说。小说的主人公嘉莉是一个农村姑娘，怀揣着对大城市的向往来到了大城市芝加哥投奔姐姐，并希望能够在这座城市中寻找到致富的路子。但姐姐一家一贫如洗，嘉莉只好自谋生路。她先是在一家鞋厂找到一份工资很低的工作，因为生病，嘉莉连这份工作也没有保住。后来，嘉莉不得不向之前在火车上结识的推销员杜洛埃求助，最终成为杜洛埃的情妇。之后，杜洛埃将她推荐给了某酒店经理乔治·赫斯特伍德。赫斯特伍德对嘉莉一见倾心，他虽然已经结婚，但是家庭生活的不美满使得他想尽办法要讨好嘉莉，他甚至从雇主的保险柜中偷走了一万美元，骗得嘉莉和他一起出走到加拿大，改名换姓，并结了婚。为了免遭起诉，赫斯特伍德退回了一部分的赃款。为了生活，他与人合开了一家酒馆，但是由于经营不佳，这家酒馆最终倒闭了。嘉莉被迫自谋出路，她凭自己的美貌当上了歌剧演员，从此声名鹊起，富豪纷纷向她献媚求爱，报刊替她吹捧。挤进了上流社会的嘉莉开始过上了奢侈的生活，并离开了赫斯特伍德。赫斯特伍德的境遇变得每况愈下，在他束手无策的时候，他曾向嘉莉讨钱，后来沦为了乞丐，最终选择了自杀。得知嘉莉发迹的杜洛埃前来寻找嘉莉，希望和她重归于好，结果遭到了嘉莉的拒绝。小说的结尾处，嘉莉坐在一家豪华旅馆套间里的摇椅上，似踌躇满志，又似惘然若失。

这部小说的主人公嘉莉成了 20 世纪美国文学中第一个“美

国梦”的追求者。为了实现自己的愿望，嘉莉不惜违背道德先后当了杜洛埃和赫斯特伍德的情妇。在当时的读者看来，这是大逆不道的，是与现实不相符合的。对于嘉莉的做法，小说的作者根本没给她什么惩罚，反而最后让她成了幸运的大明星。这样的结局不但抛弃了宗教的“原罪”说，而且违背了19世纪末流行的小说观，这也是这部作品在当时不被文学批评家所看好的原因之一。但不可否认的是，这部小说对“所有的人物都挣扎在一个庞大而冷漠的世界中”这样一个观点进行了很好的揭示。小说第一章的标题便明确指出，人渺如碎屑，处于各种外部力量的左右之中，在之后的叙述中，这种观点得到了进一步的证实。刚刚步入芝加哥的嘉莉举目四顾，所见皆为高大的建筑物，如巨大的起重机、宽大的铁路货场等，这使嘉莉感到了一种处于力量和权威之中的无能为力，为了能够混出个样，她不顾一切地挤进上流社会，享受现代的物质文明。而赫斯特伍德则为自己的私欲付出了沉重的代价。他原本拥有工作，拥有家庭，拥有地位，但是他本人却屈服于原始性欲念的支配，按照本能行动，最终被这个“适者生存”的社会所抛弃。

《嘉莉妹妹》展示了正在迅速发展的美国资本主义社会的广阔画面，这其中不仅有资产阶级伦理的腐朽与虚伪，也有城市贫民的失业、饥饿和斗争，在这部作品中，也表现出了作者对劳动人民的深切同情。

《珍妮姑娘》中，小说的主人公珍妮是美国俄亥俄州科伦布市一个穷困的玻璃匠的女儿，18岁时同母亲来到市内一家大旅馆里干擦洗地板的粗活。一次偶然的机会，她认识了住在旅馆里的参议员白兰德。而后因为请求白兰德保释其兄弟出狱，珍妮被白兰德诱奸。不久白兰德去华盛顿期间突然病亡，而珍妮却发现自己已经有了身孕。对女儿的不轨行为，父亲大为恼火，善良的母亲只能流下同情的眼泪。珍妮生下女儿后，只身来到克利夫兰谋生，在那里，又遇到了一位爱上她的阔少——雷斯脱。经过若干年的同居之后，雷斯脱遗弃了珍妮，与另一个资产阶级小姐结婚了。结束了情人地位的珍妮，带着女儿薇丝塔隐居乡村，然而一场伤寒病又夺去了薇丝塔的生命。珍妮的一切幸福丧失殆尽，她从孤儿院领来一个女孩作为晚年的唯一安慰。

在这部小说中，德莱塞塑造了一个善良勤劳的穷姑娘珍妮的艺术形象，给读者留下了深刻的印象。珍妮不同于嘉莉。嘉莉心中没有他人，唯有她自己。珍妮则爱她的兄弟姐妹，爱她的私生女，爱她的父母，为了他们，不惜牺牲自己。她的优良品德与白兰德的虚伪自私、雷斯脱的贪得无厌形成了鲜明的对照。德莱塞真实地反映了商品社会造成两极分化，资本家逼良为娼，肆意剥削和践踏劳动妇女的社会问题。珍妮的悲剧激起了人们的同情和对于社会不公正的愤慨。这部小说一出版就受到著名的批评家门肯等人的赞扬。德莱塞所展现的真实的生活画面获得了读者的认同。他用抒情的笔调刻画了珍妮的正面形象，展示了这位普通姑娘丰富而朴实的精神世界，同时表达了他自己的理想和希望。

《欲望三部曲》(《金融家》《巨人》《禁欲者》)是以美国金融家耶基斯的投机生涯为素材创作的小说。《金融家》讲述的是弗兰克·柯柏乌的成长故事。在费城长大的柯柏乌在市内街车交易中发迹，不到 30 岁便已成家立业，后来交易所出现恐慌，他损失严重，因受贿罪入狱。出狱后他东山再起，决定到西部冒险。《巨人》讲述的是柯柏乌移家至芝加哥之后的故事。在芝加哥，柯柏乌购得了市内街车股票买卖特权，这使他又拥有了雄厚的资本。他无情地打击对手，巧妙地贿赂政客，左右选举动态，以求全面掌握芝加哥市地面交通系统。然而，他碰上了伊利诺伊州长，这个人不贪婪，所以金钱对他来说没有起到作用，由于这个人的存在，柯柏乌的计划失败了。《禁欲者》讲述的是柯柏乌晚年的故事。在这部作品中，主人公柯柏乌携巨款到伦敦，想实现伦敦地铁的电气化，然而他患上肾炎，只好回纽约待毙。他一生所积累的财产很快便被分割了。

在这三部曲中，到处都充满了力与力的等势，这种等势在前两部作品中表现得尤为明显。小说的主人公柯柏乌是力的象征。他坚强、勇敢，惯用强硬手段管教他的顺从的兄弟。他对世界和人生充满好奇与疑问。他不相信宗教，希望通过思索得到自己的结论。但是他的这种努力最终还是失败了。通过《欲望三部曲》，我们可以看到德莱塞对人生的态度，在他看来，人的一切奋斗都会以零为结局，生活没有价值、意义和目的。

《美国的悲剧》是德莱塞以美国1906年一则真实谋杀案的报道为基础创作而成的。小说的主人公克莱特出生于一个贫穷的牧师家庭，一家人靠上街兜售《圣经》为生。克莱特对家庭的窘状极为不满，他嫉妒有钱人家的阔绰，埋怨自己为什么出生在这样一户穷人家里。因此长大后他拒绝同父母姐妹一起出去布道兜售《圣经》，决心要到社会上去闯出一条自己的路来。16岁时，克莱特便到一家药房当了学徒，后来又进了一家旅馆，收入逐渐增多，但他也慢慢地学会了喝酒、玩牌，还逛过妓院，又交了一个爱慕虚荣的女朋友霍丝丹。为了满足自己和霍丝丹的欲望，他欺骗父母，连他姐姐生产时他也只拿出5元钱。资产阶级的美国生活方式终于将这个穷牧师的儿子拖到了危险的边缘，他在灯红酒绿的社会环境里逐渐变得自私、疯狂。在一次野外寻欢作乐的归途中，克莱特和他的同伙开车撞死了一个孩子，后又翻车受了伤。他在慌乱中为了逃脱警察的追捕，只身跳上火车流浪到了芝加哥。来到芝加哥后，克莱特巧遇了自己从未谋面的伯父塞缪尔，于是进入塞缪尔的内衣工厂做了一个小头目，并以老板侄儿的身份出入于当地的社交场合。对异性的狂热追求是克莱特十七八岁时就开始形成的一种癖好。他当上衣领工段领班之后不久便喜欢上一位年轻、漂亮的女工洛蓓达，并凭着他的身份和外表赢得了对方的爱情。正当他与洛蓓达打得火热的时候，他又结识了一名名叫芬琪雷的资产阶级小姐，受到其引诱，克莱特决心抛弃洛蓓达。而就在此时，洛蓓达却怀了克莱特的孩子，克莱特跻身上流社会的梦想受到巨大威胁。于是他多次逼迫洛蓓达去堕胎但都没有成功，在罪恶心灵的驱使下，他最后竟以旅行结婚的名义将洛蓓达骗至草湖风景区加以杀害，使这位无辜的女工沉尸湖底。将洛蓓达溺死后，克莱特慌忙逃走。之后，地方检察官以谋杀罪逮捕正在胜地和女友游玩的克莱特。辩护律师为他出谋划策，伪造案情，然而确信克莱特有罪的地方检察官对犯人穷追不舍，克莱特被判有罪。他的辩护律继续为他奔走，为他安排上诉。在这期间，一位牧师前来探监，克莱特转向宗教，道出了真情。上诉失败后，他最终被推上了电椅。

这部小说内容丰富，主题鲜明，结构严谨，布局合理，故事引人入胜，没有冗长的空论。小说不仅展现了美国社会生活的广阔画面，而且有许多生动的细节描写，首尾呼应，警世作用明显，具有深刻的社会意义。小说的主人公克莱特的悲剧，应该说是社会所造成的。出身低微的他以为在美国人人都能升迁发财，找个有钱的女人为妻，变成有名有钱有势的“人上人”，实现自己美丽的“美国梦”。可是，血的事实粉碎了他的美梦。因此，《美国的悲剧》实际上是“美国梦”幻灭的悲剧。

第六节 社会黑幕的揭露者——厄普顿·辛克莱

一、厄普顿·辛克莱的生平与创作概况

厄普顿·辛克莱(Upton Sinclair，1878—1968)出生于马里兰州巴尔的摩市，10 岁时随家迁居纽约，12 岁时入文法学校，15 岁时试写 10 美分小说、卖通俗杂志，以维持生计。1893 年进入纽约市立学院读书，1897 年毕业，获学士学位，1897 年至 1901 年又入哥伦比亚大学深造。1900 年，辛克莱开始以自由撰稿人的身份换取生活费。1904—1910 年间，他先后出版了五部长篇小说：《春天的收获》《米达斯王》《哈琴王子》《亚瑟·斯特林日记》和《玛那西斯》。1906 年《屠场》的出版为他赢得了巨大的声誉和一定的财

富，使他成为“黑幕揭露者”集团的代表作家。从1908年至1940年，辛克莱出版了100多部作品，其中最重要的有《大都会》《煤炭大王》《宗教的收益》《吉米·希金斯》《铜牌子》《一个爱国者的故事》《他们叫我木匠》《正步走》《小傻瓜》《油啊！》《金钱作家》《波士顿》和《山城》等。1940年至1946年，辛克莱出版了“兰尼·巴德系列小说”，共有10部长篇小说：《世界末日》《两个世界之间》《龙牙》《门是宽敞的》《总统的代理人》《龙的收获》《即将获胜的世界》《总统的使命》《响亮的召唤》和《啊，牧羊人，说吧！》。后来又加了一部续集《兰尼·巴德归来》。20世纪50年代后，辛克莱创作日渐减少，1968年11月，他在新泽西州的邦德布鲁克与世长辞。

二、厄普顿·辛克莱的小说分析

辛克莱是“黑幕揭发运动”的代表作家。“黑幕揭发运动”发生在20世纪初，当时美国社会日益腐败，政府、大财团营私舞弊事件不断发生，政治丑闻、经济丑闻和生活丑闻逐渐成为人们极为关心的问题。在这样的形势下，一批小资产阶级出身的正直、进步的新闻记者和作家就担起了揭发这些丑闻的责任。《屠场》和《波士顿》等都是辛克莱揭露社会黑幕的代表作品。

《屠场》的主人公约吉斯·路德库斯以及他的妻子奥娜都是来自欧洲立陶宛的移民。他们把美国当成遍地有黄金的“人间天堂”，然而在美国等待他们的只有贫困和饥饿，到处都是欺骗和讹诈。结婚前他们好不容易在芝加哥屠宰场找到一份工作，工资微薄，卫生条件恶劣，工作强度极大，工人在屠宰过程中十分危险，生命安全毫无保障。为了多挣点钱，路德库斯拼命干活，但厄运连连。先是他与奥娜结婚前夕买房子时手上的几百元被骗个精光。结婚后，又欠了一屁股债务。后来他在工作过程中受伤，在养伤期间，他的屠宰场工作早已被别人顶替，奥娜又生了孩子，一家人的生活更加困难。之后他为了生计不得不到更加危险的肥料厂干活。不久，奥娜又遭到工头康诺的污辱，他痛打工头，并因此被判刑入狱。路德库斯出狱后，奥娜死于难产，另一个孩子被洪水溺死。他付不起房租，流落街头，变成小偷。有一天在街头遇上奥娜的表妹马丽娅，她被迫为娼。路德库斯十分失望，他迷迷糊糊走进市区，偶然误入会场，听到了社会党领袖们“组织起来！”的号召，深受感动，终于认识到社会主义是他摆脱贫穷的出路，在经受过痛苦的磨难之后，他成了一名社会党拥护者和社会主义信徒。

这部小说通过对路德库斯在芝加哥的不幸遭遇的描写，揭露了帝国主义阶段美国社会的真实面目。在小说中，作者明确地指出：路德库斯的一切灾难都是美国政府的政策和垄断资本家的剥削造成的，而大资本家和政客们的腐朽生活则是建立在像路德库斯这样的千千万万社会底层大众牛马般的劳动之上。路德库斯的各种不幸遭遇会让读者对这个社会和垄断集团产生愤怒和仇恨，这正是《屠场》首要的社会意义。此外，这部小说的社会意义还在于它对美国社会制度黑暗内幕的抨击，特别是小说下半部写到的民主党与共和党在选举中的丑行、垄断资本家与地方当局狼狈为奸的事实和地下黑势力与警察局的勾结等细节，把统治阶级的虚伪嘴脸暴露无遗。

《波士顿》以 20 世纪 20 年代美国历史上最可耻、最黑暗的“萨科-万塞蒂”一案中萨科与万塞蒂的身世经历为素材，并虚构了一个名叫科妮莉亚·西奥尔的女子作为线索，通过她的见闻来写出这两位工人领袖的故事。科妮莉亚·西奥尔是资产阶级出身的女子，丈夫是一个工业巨头，但她厌恶本阶级的生活，丈夫死后她便抛弃了财产和地位，来到普利茅斯一家工厂做工，因此结识了万塞蒂、萨科。受他们的启发和影响，科妮莉亚参加了秘密的工人组织。当时，这样的工人组织被资产阶级巨头们称为“无政府主义者”，受到严密监视。由于工厂老板对工人的苛刻和剥削，引起了企业内部的骚动，工人们开始罢工。不久，萨科和万塞蒂以杀人抢劫的罪名被捕，并被判处死刑。科妮莉亚到处呼吁营救，企图挽救他们的生命。但是表面上看起来公正执法的审判员、法官、州长、总统，为了他们政治上的需要和本阶级的利益，都坚持死刑的判决。萨科和万塞蒂最终被杀害了，这时候的波士顿社会成了传统势力和特权阶级控制下的“神圣祭坛”，在祭坛下受苦受难的正是千百万工人。

这部小说共分两部 24 章，通过对重大社会事件的描写唤醒了人们的斗争意志，并以文学家独有的敏感和大胆，及时地为美国司法机关的这一丑行作了艺术上的忠实记录，无情地抨击金钱腐蚀了美国的文化和教育，教会、大学和报刊沦为资产阶级奴役大众的工具，表明了作者对统治者的愤怒、对牺牲者的怀念和对工人们联合起来斗争的崇高信念。

总体来说，作为社会黑幕的揭露者的代表作家，辛克莱以自己的亲身经历描绘从第一次世界大战开始至第二次世界大战结束的历史进程，他用马克思主义观点剖析和诠释美国文化，作品结构紧凑，主题深刻，在 20 世纪美国文学史上占据着一席应有的地位。

第七节　美国社会的思考者——辛克莱·刘易斯

一、辛克莱·刘易斯的生平与创作概况

辛克莱·刘易斯(Sinclair Lewis，1885—1951)出生于明尼苏达州索克新特镇。父亲和两个哥哥都是医生。刘易斯 6 岁时母亲就去世了，父亲不久后再婚，后母待他尚好。1902 年他离家去芝加哥大学念预科，后来转入耶鲁大学，曾利用假期到船上打工，去过两次英国，1908 年毕业。在校期间爱好文学，曾给校园文学杂志写稿。毕业后，他当过记者，做过出版社编辑，写过诗歌和短篇小说，他一度参加过厄普顿·辛克莱创办的乌托邦式社会主义居民试验区，信仰过萧伯纳式的费边社会主义，加入过美国社会

党。1912 年他开始写小说，后来快速地出了《我们的雷恩先生》《鹰的踪迹》《求职》《无辜的人们》和《自由的空气》等六部长篇小说，这些为挣钱养家写的小说很快被读者遗忘。直到 1920 年，他的第七部长篇小说《大街》问世，才得了文艺界的好评，该部小说连续再版 28 次，成为 20 世纪美国出版史上最轰动的事件。

成名后的几年，刘易斯到美国和欧洲各地观光游览，增长阅历。1922 年，他的长篇小说《巴比特》出版，他的声誉也随之达到了高峰。他因此而深受鼓舞，加紧创作，几乎每年出 1 部书。他 1925 年发表的《阿罗史密斯》又受到了热烈欢迎，翌年荣获普立策奖，但刘易斯拒绝领奖。接着，他又分别在 1927 年和 1929 年发表了《艾尔默・甘特利》和《多兹华斯》。这些长篇小说把他推上诺贝尔文学奖的领奖台。

获奖之后，刘易斯又继续创作了 10 部长篇小说，但这些作品大都没有超过他以前的写作水平，反应平平，较好的仅有 1935 年发表的《不能在这里发生》和 1947 年发表的《王孙梦》，这两部小说含义深刻，但艺术性欠佳。

刘易斯晚年沉迷于金钱和酒色，创作热情衰退，没有新的作品问世。1951 年 1 月 10 日，刘易斯心脏病突发，逝世于意大利的罗马，按照他遗嘱的要求，他的骨灰被运回故乡索克新特镇安葬。

二、辛克莱・刘易斯的小说分析

刘易斯是社会学型作家，他的作品是社会史的组成部分。一般情况下，在完全了解自己想要写的材料之前，刘易斯是不会动笔的，他的写作过程像有某种程序一样：先研究要写的社会层，仔细观察，听人讲话，仔细记录，画出地区地图以及屋内家具摆设，然后列出大纲，写出详细草稿，最后再准备好出版的手稿。刘易斯在几十年内“蚕食”美国中产阶级这个桑树，慢慢地将它了解得一清二楚，因而他的作品的现实性更加强烈。在他的众多小说作品中，影响较大的现实主义小说主要有《大街》《巴比特》《阿罗史密斯》和《多兹华斯》等。

《大街》是刘易斯的成名作，是刘易斯获得好评最多的小说。该部小说从构思到出版，共历时15载。小说的主人公女大学毕业生卡罗尔·米尔福德立志要离开城市到中西部戈佛草原改变那里文化教育落后的状态，为此，她跟医生威尔·肯尼科特到那里结婚成家。她开了一个小剧院，但不久就倒闭了。她又去图书俱乐部，但在那里她听到有人非难英国著名诗人，只好生气地溜走。随着时间的推移，米尔福德意识到当地牧师心胸狭窄，愚弄民众，小镇居民与新思想排斥抗拒。米尔福德感觉心灰意冷，她告别了丈夫，离开了戈佛草原小镇到华盛顿找了个小职员的工作。在华盛顿，米尔福德的生活平静多了，她开始明白，美国到处都有追求物质享受、文化平庸的戈佛草原小镇，这就是现实，谁也无法逃避。最后，卡罗尔决定返回小镇，回到丈夫的身边，改变自己的性格，适应小镇的陋习，从适应中对小镇进行改造。

小说的开篇写道：

> 这是一个坐落在盛产麦黍的原野，掩映在牛奶房和小树丛里，拥有几千人口的小镇——它就是美国。
>
> 在我们的故事里提到的这个小镇，名叫“明尼苏达州戈佛草原镇”。但它的大街却是各地都有的大街的延伸。

作者通过这段话写出了大街的真实面目：整个地方呆板单调，毫无生气；人们愚昧迟钝，自以为是，安于现状，并以此为荣；他们没有理想，没有道德，脑子里全是铜臭，耳朵里听的是刻板乏味的音乐，嘴巴里赞美“福特”汽车有多好……这样的一种生存状态，事实上是美国真实社会的写照。作者由此提出了“美国这么下去怎么办”这一发人深思的问题，受到了许多英美作家的赞扬。

《巴比特》这部作品中对城市的中产阶级的描写和讽刺更深刻有力。小说的主人公乔治·巴比特是作者成功塑造的中产阶级形象，富有典型意义。巴比特是一个46岁的地产经纪商，生活在一座典型的中西部新兴小城——津尼斯市，赚钱是他进行一切活动的目的。为了赚钱，巴比特加入远足高尔夫乡村俱乐部，借用它的势力，广开客源。他到处结识政客，巴结富豪，成了该市出席全州房地产联合会大会的唯一代表。他积极参与政治活动，成了选区的领袖，他所支持的普劳特当选市长后，他捞到了不少油水。他喜欢美国的物质生活，将机器设备当作真与美的象征。他野心勃勃，精通投机手段，对未来信心十足。他想使津尼斯市成为"美国最稳定、最伟大的城市"。在巴比特的眼中，金钱就是一切，他曾问自己的女儿维隆娜：为什么学校的老师要你们读莎士比亚？不如学点商业英语、写写广告和吸引顾客的信件，那不是更赚钱吗？巴比特还认为哥伦比亚大学的什么"硕士"和"博士"年薪远不如一个未上过大学的推销员。在他的影响下，他儿子不愿上大学了。这种功利主义造成社会文明日益衰落。

在巴比特的身上，体现了当时美国中产阶级的功利主义倾向和市侩作风。像巴比特一类的"巨人"，以"巨大"为追求目标：巨大的高楼、巨大的机器、巨大的运输系统以及巨大的关系网。其实，他们在物质财富上是"巨人"，在精神文化上则是矮子。这种没有文化、没有理想的现代化城市是十分渺小的。连巴比特自己在生病时也感到了生活的空虚和工作的单调。巴比特的悲剧在于：他只能是巴比特，当不了什么别的人物。既离不开他的家和办公室，也离不开津尼斯市。作者通过巴比特的心理变化，讽刺了美国20世纪20年代社会风尚的丑恶和中产者的市侩习气。

《阿罗史密斯》是美国文学中第一部以医生职业为题材的长篇小说。小说的主人公马丁·阿罗史密斯立志献身于医疗事业，但理想与现实的矛盾使他屡次遭受挫折。他在医学院读书时，发现许多学生和专家教授并不想献身医疗事业，而是要成名成家、发家致富。这使他大失所望。后受欧洲名医梅克斯·戈特里布的影响，他决心做个正直的科学家。他深入实验室，显露了才华，并且爱上了实习护士劳拉。两人结婚后，他到北达科他州当医生，又在依阿华州当过医疗检查员，一度被提拔为卫生局长。但因得罪了权贵，不得不辞职，到纽约麦克卡学院当专家的助手，阿罗史密斯认为这才是他想要的工作，于是他加倍努力工作，不久便找到了一种治疗瘟疫的抗毒素。当印度群岛发生瘟疫时，他和劳拉赶往该岛，用自己的科研成果为病人解忧排难，但劳拉却不幸染病而死。阿罗史密斯对此感到万分悲痛，返回纽约后与有钱的名流乔伊斯·兰伯成婚，但她热衷于社交，阿罗史密斯很难安心工作，后来学院的官僚措施又限制了他的研究，他只好辞职离开妻子，离开纽约，去了佛蒙特州林区的实验室工作。

这部小说塑造了阿罗史密斯这样一个有理想有抱负的医生形象，他看不惯美国医疗界的腐败现象，敢于同瘟疫做斗争，敢于抨击医疗卫生商业化倾向，最后冲破了家庭和社会的种种阻力，坚持自己献身科学的崇高理想，不惜一切代价走自己的路。小说通过阿罗史密斯的成长过程，揭露了某些医疗机构、卫生部门和科研单位的歪风邪气。

《多兹华斯》描写了一位在欧洲的美国富翁的生活经历，反映了 20 世纪 20 年代大托拉斯控制下的美国，扼杀人性，引起精神危机的问题。小说的主人公山姆·多兹华斯毕业于耶鲁大学和麻省理工学院，从事汽车设计，后逐渐发迹，成为某公司股东和经理。他和妻子弗兰婚后去欧洲旅行时发生分歧。多兹华斯为美国感到自豪，而弗兰则盲目崇拜英国，竟与一个英国男人私通，二人最终离婚。多兹华斯后来娶了艾迪丝，精神上有了安慰。后来，多兹华斯的汽车公司被大公司吞并，他成了商界一个多余的人，因此陷入了无法解脱的精神危机中。小说揭露了欧洲上层社会的势利和虚伪，抨击了一些伪君子。

总体来说，在小说的创作中，刘易斯继承和发扬了马克·吐温优秀的现实主义文学传统，以刚健有力的笔调和讽刺幽默的对比手法，描绘了美国中西部小镇 20 世纪 20 年代的社会生活。他的作品极具讽刺意味，这些讽刺涉及商业、政治、宗教、道德、科技、法律和种族歧视等方面，成功地塑造了巴比特等人物形象。他巧妙地将中西部的语言，包括方言和俚语引入小说，使小说具有浓郁的生活气息，促进了美国英语的发展。他在许多方面酷似狄更斯，因而获得了“美国的狄更斯”的美称。

第三章　美国自然主义小说的发展与创作

自然主义文学兴起之后，美国的一些作家开始使用自然主义创作手法来进行小说创作。这些作家刻意描写了美国社会下层人的无可奈何之状，以及他们在冷漠世界里的悲惨境遇。与欧洲的自然主义小说相比，美国的自然主义小说虽然毫不留情地撕下了美国机械文明的假面具，把垄断资本主义的血淋淋的现实彻底暴露在光天化日之下，但是作品中却没有呈现出命定论和悲观情绪，而是让读者感受到了一种面对严酷现实努力达到自我实现的强烈愿望，一种对未来不断进行幻想和憧憬的潜在能力。

第一节　美国自然主义小说的发展与创作概况

自然主义文学发源于19世纪80年代的欧洲，其理论基础是法国哲学家H.泰纳(Hippolyte Taine，1828—1893)的实证主义批评方法，其文学宣言是法国小说家爱弥尔·左拉(émile Zola，1840—1902)发表的《实验小说》。左拉在文中指出，小说家不应该只是对社会进行记录，而应该超越社会现实，把自己作品中的人物以及人物的情感置于一系列的实验当中，检验它们的真相。以左拉为代表的自然主义文学理论在欧洲产生了广泛的影响。这种影响也传到了美国。

在自然主义文学兴起的时候，美国社会中的工业无产阶级的生存状况每况愈下；苦难、暴力及各种邪恶在美国与日俱增，向西拓殖运动变得缓慢；农户日渐陷入多种力量的挟制中；铁路公司正伸开魔掌，通过运输扼住农民们的咽喉；拓殖地中充满怨恨和绝望情绪……所有的这一切都表明美国的经济出现了严重的危机。

与此同时，关于人及其在宇宙中的位置的新学说及新思想开始在美国传布。这些新学说和新思想认为，“人已不是一个自由的道德整体；在一个冷酷、淡漠、从本质上讲没有上帝照拂的世界里，人已没有自由意志可言，在机械因果的左右下而无能为力，劫数难逃”[①]。一些新走上文坛的美国小说家接受了这些新学说和新思想以及自然主义的创作主张，决心用小说来捕捉国家正在发生的微妙变化，揭示社会生活的真面目。于是，美国自然主义小说的创作便出现了。斯蒂芬·克莱恩（Stephen Crane，1871—1900）、弗兰克·诺里斯（Frank Norris，1870—1902）、杰克·伦敦（Jack London，1876—1916）等人通过小说作品，对美国的社会生活进行了如实描写。通过他们的作品，人们可以看到存在于人内心深处的自我价值，感受到一种面临严酷现实努力达到实现自我的强烈愿望，一种对未来不断进行幻想和憧憬的潜在能力，这些也正是美国自然主义小说与欧洲其他国家自然主义小说的不同之处。

从整体上看，美国的自然主义小说忠实地记录了美国文明史上的一个重要阶段，这其中有镀金时代”的腐败，有 1893 年的经济恐慌，也有城市贫民和乡村农民的悲惨命运。在内容上，这些小说很少涉及暴力、死亡和性爱之类的敏感题材，在构思和人物塑造上，体现出了诚实地刻意追求的精神。可以说，美国自然主义小说为后来美国小说的进一步发展奠定了一定的基础。

---

① 常耀信. 精编美国文学教程（中文版）. 天津：南开大学出版社，2005：135

第二节 自然主义文学的开拓者
——斯蒂芬·克莱恩

一、斯蒂芬·克莱恩的生平与创作概况

斯蒂芬·克莱恩(Stephen Crane,1871—1900)出生在新泽西州的纽瓦克市一个卫理公会教牧师之家,9岁的时候父亲去世。克莱恩的母亲是一个虔诚的教徒,这让克莱恩从小就受到了宗教的影响。在父母去世以后,克莱恩曾得到哥哥与姐姐的照顾。他曾先后在两所大学读书,但都没有毕业。1892年,克莱恩曾在一两处杂志上发表过几篇"苏利文县速写"性的儿童故事,后因报道一次工人集会获罪于杂志社而被解雇。此后他在纽约成为一名自由记者,和一群正在努力成名的艺术家住在一处,过了一阵子放浪形骸的生活。在这期间,他生活拮据,在哥哥的帮助下才勉强逃脱冻馁之苦。1893年他自筹资金匿名出版《街头女郎马吉》,受到哈姆林·加兰和豪威尔斯的称赞,然而并未引起保守的评论界的注意。这两位作家鼓励他继续体验城市贫民阶层的生活,撰写表现这一阶层的生活的文章。克莱恩听取他们的忠告,实地考察纽约下层人的言语举止,文章在波士顿和纽约一些杂志上发表。1895年,他到美国西南部与墨西哥采访,次年去古巴,报道那里的反西班牙暴动,途中,轮船失事,克莱恩获救。他的这段经历成为他小说创作的一个素材。后来,克莱恩又创作了《红色的英勇勋章》《乔治的母亲》《小军团》《海上扁舟》等作品。

1897年,克莱恩为纽约《新闻报》到欧洲采访希-土战争实况,却因健康不佳而未能尽善尽美地完成任务。希腊战争结束以后,他决定在英国定居,并结识了亨利·詹姆斯、康拉德等著名作家以及一些英国费边主义者。

1898年，克莱恩再度应聘为《纽约世界》杂志报道美西战争。这是他第二次身处战火之中，身心受到严重损伤，肺病的征兆已出现。这年秋天，他在哈瓦那逗留数月，一边做采访记者，一边以希腊经历为素材写完《现役》。此后又陆续发表了《雨中伤口》《怀俄明谷地故事》《斯皮兹伯根故事》等。

1899年末，克莱恩举行了一次盛大的圣诞晚会，招待文学界朋友，上演了一出以他为主笔的戏剧《鬼》。盛会中间，他的胃突然大出血，之后健康状况每况愈下。但是克莱恩并没有放弃写作，在病榻上，他依然笔耕不辍，发表了有关世界史上9次大战的系列文章，还策划并写出了歹徒小说《奥·鲁迪》的前25章。1900年6月，克莱恩在德国休养时卒世，年仅29岁。

二、斯蒂芬·克莱恩的小说分析

斯蒂芬·克莱恩是美国文学史上第一个用自然主义创作手法来进行小说创作的人，对美国自然主义文学的发展起到了开拓作用。在他的小说作品中，比较有影响力的是《街头女郎马吉》《红色的英勇勋章》和《海上扁舟》。

《街头女郎马吉》对美国资本主义进入垄断阶段的社会丑恶进行了鞭辟入里的揭露。小说的主人公马吉是一个善良的姑娘，她对未来怀有美好的憧憬，渴望得到自我发展的机会，但是她生活的环境十分糟糕，家中父兄的酗酒、母亲的叫骂使她难以忍耐，工厂里工作条件恶劣，每个人都如同机器一样。马吉渴望能够摆脱这种令人窒息的生活，于是她将希望寄托在了男友彼得身上。然而令她没有想到的是，彼得这个生长在贫民窟环境中的男子竟毫无男子汉的气魄，在玷污她之后却抛弃了她。一向粗野成性的母亲突然装扮出一副道貌岸然之状，表示不能容她在家停留，无奈之下，马吉离家出走，当了妓女，最终投河自尽。

在这部小说中，克莱恩深刻地揭示了在环境力量统治下人的软弱与无力。马吉虽然有着摆脱困苦生活的渴望，但是由于她出生在一个贫困的家庭中，父亲和哥哥都是野蛮而残酷的，母亲是冷漠的，外界环境又没有为她提供帮助，所以最终，马吉只能走向毁灭。正如克莱恩在一本《街头女郎马吉》赠书上所写的一样："……这本书企图表明，环境是世界上的一个强有力的东西，它无视一切地左右着人们的生活。"①

《红色的英勇勋章》描写的是美国南北战争中的一个故事。小说用第三人称讲述了亨利·弗莱明的经历。亨利·弗莱明是北方联盟军队中的一名新兵。他血气方刚，求战心切，但当战斗打响后，却在枪林弹雨中惊慌失措，逃离战场。他冷静后感到胆怯的可耻，便在战区边缘徘徊，心灵饱受煎熬，宛如做了一场噩梦。在途中，他遇到一批伤兵，其中有一位"衣衫褴褛的士兵"，周身是血、土和火药，这让亨利感到尴尬。这位伤员问亨利哪里受了伤，这让亨利十分不自在，一种强烈的内疚和负罪感占据了他的心灵。亨利的好友"高个子大兵"，在路上因伤势过重痛苦地死去了。这让亨利再也不能安心地跟着伤员向后撤。于是亨利脱离队伍。离开队伍之后，亨利和迅速后退的联盟军士兵相遇，其中一个士兵因对他的提问极不耐烦而用枪托误伤了他的头部。受伤之后，亨利不经意间得到了他渴望已久的"红色的英勇勋章"和归队的通行证。这让使他感到了前所未有的自信。他没有向任何人说出受伤的事情。战斗又打响了，亨利手举战旗冲锋在先，宛如一位"野蛮的宗教狂"，成为一位名副其实的英勇战士。

在《红色的英勇勋章》中，克莱恩把战争刻画成一种不可抗拒的环境力量，人位于其中宛如棋盘上的卒子一样无足轻重。一开始，克莱恩对战争抱着狂热之情，他不顾母亲的劝阻而当了兵。在战场上，亨利终于意识到了战争的可怕，所谓的英雄主义无非是"自私的暂时不在"而已。这种发现让亨利产生了恐惧心理，让他踏上了逃兵之路。无意之中获得伤口让亨利的处境有了转机，他成了别人眼中的英雄。通过这样一个具有讽刺意味的事件，克

① 常耀信.美国文学史(上).天津:南开大学出版社,1998:50

莱恩提出了自然主义作家们一致提出的问题:“是谁在主宰世界和人的命运?”提出了人与宇宙抗争的重要命题。

《海上扁舟》讲述的是船长和记者等四个幸存者在船沉以后30小时之内的海上冒险经历。这四个人坐在救生艇上,在大海上颠簸。他们镇定地接受着命运的安排,在疲惫和饥饿之余仍然精神振作地轮流划桨,并没有丧失对生的希望。小说中写道:“如果我要被淹死——如果我要被淹死——如果我要被淹死,那么,以镇海七疯神的名义,我为何还被允许走出这么远来看到那沙岸和树木呢?”当最后船长毅然决定冲过巨浪向海岸靠拢时,四个人突然感到一种“微妙的兄弟情谊”把他们维系成一个坚固的整体。他们同舟共济,共渡难关。一次小船翻在海中,一人丧生,但是余者不屈不挠,终于踏上海岸,绝处逢生。

在《海上扁舟》中,克莱恩对人在自然面前的反应进行了描绘,他对人与人之间的相互信任进行了歌颂。在面临困境的时候,这些人没有对上帝抱有幻想,也没有向神灵祈求帮助,而是很平静地接受着自己的命运。小说中写道:

> 船向海滩划去。记者在想是否从未有人登上过那座高风塔,便是登上去,也从未朝海的方向眺望过。这座塔是个巨人,背朝苦难中的蚂蚁们立在那里。在记者看来,它在一定程度上代表着自然界面对人的挣扎所表现出的平静——风中的自然界,人心目中的自然界的平静。在人看来,她仿佛并不残酷,也不慈悲,也不诡诈,也不贤明。可是,她是冷漠的,全然冷漠的。或许,处于这种境况中的人深感宇宙的漠不关心,应能认识到他生活中的无数缺陷,让它们在心里发出苦味,希望能够再有一次机会。

这段描写充分体现出了人类要想获得成功必须要依靠自己的道理。大海虽然是无情的,但是相互友爱和团结的人是不可战胜的。

总之，克莱恩的小说能够从人的角度出发，揭示社会对人所造成的影响，并展现了在上帝态度冷漠的世界中人是如何生存的，为后来美国小说的发展做出了重要的贡献。

第三节　人性的思考者
——弗兰克·诺里斯和杰克·伦敦

一、弗兰克·诺里斯

（一）弗兰克·诺里斯的生平与创作概况

弗兰克·诺里斯（Frank Norris，1870—1902）生于芝加哥的一个小康之家。他的父母是两个完全不同类型的人。诺里斯的父亲是一个精明干练白手起家的百万富翁，希望他长大之后能够从商继承家业。诺里斯的母亲是一个文弱、不得志的女演员，希望他长大之后能够成为一个艺术家。由于诺里斯的父母在对孩子的教育问题上存在分歧，因此他们经常争吵，这种家庭环境对诺里斯产生了很大的影响，也影响到了他的小说创作，使得他笔下经常出现像他父亲一样精明的商人和像他母亲一样容易兴奋或过于脆弱的女人。

1878年，诺里斯的父母带他去英国游历。1884年，诺里斯全家移居旧金山，后来，诺里斯的父母因为感情不睦而离婚了。1887年，诺里斯去巴黎研读艺术，业余写点诗，但不久他便意识到这不是他的归宿。1890年，他进入伯克利加利福尼亚大学学习。在这期间，他对以法国作家左拉为代表的法国自然主义文学产生了浓厚兴趣，并将左拉作为自己的宗师，并自称为“少年左拉”。1894年至1895年间，诺里斯赴哈佛学习一年，在著名学者刘易斯·E·盖茨的影响下，开始文学创作，他的小说《麦克提格》就是在这期间动笔的。离开了哈佛后，诺里斯当了几年记者，并曾去南非采访，还曾参加了美国与西班牙的战争。1899 年《麦克提格》正式发表后，引起文坛的轰动，他一举成名。之后，他打算写一部反映加州小麦生产、销售和消费的三部曲或“小麦史诗”，其中第一部《章鱼》于 1901 年问世，第二部《粮食交易所》1902 年在报刊上连载，第二年出了单行本。第三部《狼》还没有来得及动笔，诺里斯就因患阑尾炎并发腹膜炎，于 1902 年 10 月 20 日在旧金山不幸去世了，年仅 32 岁。

（二）弗兰克·诺里斯的小说分析

在弗兰克·诺里斯的小说作品中，影响较大的无疑是《麦克提格》《章鱼》和《粮食交易所》。

《麦克提格》讲述的是一个悲惨的故事。麦克提格原本是一名矿工，后来他没有经充分的正式训练就成了一名牙医，这为之后发生的事埋下了导火索。成为牙医后，麦克提格在旧金山的牙科诊所行医，过着有秩序的快活的日子，并娶了好友马库斯的表妹特莉娜为妻。有一天，特莉娜中彩获得了五千美元。嫉妒心重的马库斯总是寻衅吵架，于是麦克提格盛怒之下折断了马库斯的胳膊。一心想着报仇的马库斯处处刁难麦克提格，并向当局告发了麦克提格没有行医资格的事，导致麦克提格被吊销了营业执照。失业后的麦克提格变得一蹶不振，他总是酗酒并虐待妻子特莉娜，还向她索要钱财。在一次争吵中，特莉娜的手指被麦克提格咬伤并化脓，最后被迫截肢，她也因此失去了玩具雕刻的工作而成为一个幼儿园的看门人。此后，特莉娜也变得心理扭曲了，更加看重钱财。由于特莉娜越来越吝啬，气急败坏的麦克提格杀了她并持款逃走，回到了幼时曾和父亲一起工作过的北斗星矿区。麦克提格深知此地不适宜久留，于是他又动身去了墨西哥，途中又停下淘金。他拼命穿越死谷，后来与一直追踪他的马库斯相遇。他打死了马库斯，但后者在死前成功地把他和自己铐在了一起。麦克提格头顶烈日一筹莫展。

在这部小说中，诺里斯充分体现出了自然主义的特点，对自然主义所主张的遗传性进行了深刻的揭露，同时也对环境对人的影响进行了揭露。麦克提格虽然成了牙医，生活在城市中，但是他身上的“野性”却是难以去除的。麦克提格的父亲是一名矿工，他酗酒成性，酒后常常打骂他人。麦克提格最终也变得和他的父亲一样，不可避免地走上了犯罪的道路。特莉娜同样也是遗传的牺牲品，她的祖辈都爱财如命，因此她也就成了一个十足的守财奴。诺里斯对特莉娜对金钱的喜爱进行了这样的描写：

> 有时，当她得知麦克提格出门时，就锁上门，打开皮箱，将她所有的积蓄取出，堆放在桌上……用手摆弄着这些钱币，或者把钱整个摞成一堆，躲在屋里最远的一个角落，歪着头欣赏着自己的杰作。她用肥皂和灰末把所有的钱币涮洗得雪亮，然后再用围裙小心翼翼地将肥皂和灰末擦净。她高兴地把一堆钱推到自己眼前，然后把整个脸靠在上面，那诱人的味道和双颊贴在光滑而凉爽的金属板上的感觉，使她心旷神怡。她甚至把小块钱币投进嘴里，弄得硬币叮当直响。

对于金钱的占有欲，使得特莉娜拒绝付房租，拒绝帮助在危难中的老母和家人，拒绝帮助丈夫摆脱困境，她的这种对人的冷漠最终将她引向了死亡。

环境对麦克提格的悲剧也起了一定的促进作用。例如麦克提格所生活的那条街，每天都在重复着同样的状况：早晨 7 点钟的时候，各种人都开始活动起来，报童、白班工人、木工、清洁工等，人来人往。到了 8 点，人们开始吃早餐，学生们开始出现。到了下午 4 点，学生们开始放学回家，6 点工人下班，电车里挤满人，马路上站满人，等到大家都回到各自的家中的时候，街上开始变得寂静了。到了晚上 11 点，街灯熄了，夜里 1 点，电车停运了，整条大街变得万籁俱寂。到了第二天，所有的这一切再次重复出现。麦克提格每天就在这周而复始中过着自己的生活，这种生活看似很有秩序，但事实上包含着很多不稳定的因素，麦克提格对此也有所察觉，在他的内心深处，他受到了一种威胁，当马库斯和特莉娜出现之后，麦克提格内心的威胁转变成了现实。马库斯的嫉妒和特莉娜的吝啬最终导致麦克提格走上了堕落的道路，与此同时，马库斯和特莉娜也付出了生命的代价。

《章鱼》以真实事件为基础，反映了1880年加州种小麦的农场主与运小麦的南太平洋铁路公司之间的尖锐矛盾和冲突。全书分为上、下两卷，共16章的内容。上卷从秋后写起，下卷写到次年秋后结束，内容涵盖了一年四季小麦从播种、生长至成熟和收获的全过程，象征着人从生到死又死而复生的循环周期。小说的叙述者是普列斯利，他像一根红线，贯串小说的始末。作为旁观者和事件的见证人，他讲述了他所见到的事实。最初曾允诺把土地以低价销售给农场主的铁路公司看到农民投资拓殖后的千里沃土，出尔反尔，擅自抬高地价，把农民推到破产的境地。农场主们奋起反抗，双方的纠纷在枪声中以农场主们的伤亡和失败而告终。在这部小说中，诺里斯塑造了众多性格鲜明的人物形象，充分实践了自然主义的创作主张。

戴克曾经在铁路公司工作，在被铁路公司开除之后，他成了农场主。经过风雨无阻、披星戴月的劳作，最终迎来了大丰收。当他满怀着理想将要变成现实的喜悦时，铁路公司却给了他当头一棒，运费的抬高使得戴克最终破产，走向了毁灭。

小农场主的代表者阿尼斯克特，外貌粗犷，心地善良，进取心强。他爱上纯真的希尔玛，关照戴克母女，为了保护农场主的合法利益据理力争，最后惨遭杀害。

阿尼斯克特的朋友万纳米是一个神秘的幻想者，他经常沉湎于过去爱情悲剧的回忆里，在情人安琪尔遭人非礼死于难产之后，终日祈求上帝保佑。最后，情人女儿的爱使他获得再生，对生活充满了希望。

铁路垄断托拉斯代表者贝尔曼像个瘟神，总是给人带来灾难，他不顾小农场主的死活，维护垄断托拉斯的利益。面对阿尼斯克特、奥斯特曼、布洛德森、胡文和哈南被枪杀，希尔玛和戴克家破人亡，德里克精神失常，胡文妻女流离失所这一系列悲惨的景象，他都无动于衷。他为了私利，丧失了人性。结果，他虽然在枪战中逃生，却死在了满载小麦的船舱里。

农场主德里克的儿子李曼虽然是农民出身，但是他却背叛了自己的阶级。他作为一名律师没有抵抗利益的诱惑，竟然违背良心，接受贿赂为铁路托拉斯效劳，结果导致农场主申诉的失败。在因他而死的乡亲们尸骨未寒之时，他竟然登上了州长的宝座。

旧金山的大银行家谢尔格里姆是一切悲剧的幕后总策划。他亲手制造了杀人的悲剧，却对普列斯利大谈什么小麦和铁路是人力无法左右的两种力量，貌似公正，实则口蜜腹剑。

从整体上看，《章鱼》存在一定的局限性，如小说情节过于冗杂，选材不忍割爱；有些人物（如万纳米）的故事似乎同主题关系不紧密等。但是从艺术风格来说，《章鱼》有独到之处，不仅书名"章鱼"比喻深刻，而且细节描写精彩生动，善恶对照分明，好事常被坏事突然冲击。例如小农场主们在舞厅里快乐相聚时，突然闯入一个持枪的牛仔；暴徒被制服后，魔鬼贝尔曼送来了铁路公司高价卖地的"最后通牒"。晚会成了死神降临的回光返照，人们处在不安的恐惧里，等等。《章鱼》乍读起来令人感到杂乱无章，但仔细推敲，情节的千头万绪却通过三个年轻人的故事而联结成一个有机整体。普里斯利统领全局，他几乎无所不在，是作者的代言人；阿尼斯克特是农场主的代表；万纳米的神秘主义为普里斯利对生活采取基本的肯定态度铺平道路。《章鱼》这部小说告诉人们，人有了意志，人生就有了希望。

《粮食交易所》的背景是芝加哥，柯蒂斯·杰德温这位芝加哥小麦市场的投机商垄断小麦市场，造成美国市场上面包涨价，老百姓苦不堪言，也使欧洲的饥荒雪上加霜，表现了垄断商人损人利己的本质。不过，由于他全力投身于小麦交易，无法关照漂亮的妻子劳拉，使她感到生活乏味，重新投入旧情人的怀抱。后来，杰德温投机失败，经济破产，妻子劳拉则良心发现，与丈夫重归于好。

受到20世纪初风靡全国的"揭丑派"运动的影响，《粮食交易所》这部作品大胆地揭露了垄断资本投机倒把给社会和民众带来的危害，抨击了小麦交易所内部的黑幕，这是难能可贵的。在这里，诺里斯依然坚持《章鱼》中铁路大王谢尔格里姆关于社会力量左右一切的观点，认为柯蒂斯的坍台是他向大自然挑战的结果：

> 他曾以人的微薄之力左右造化，但是大地，这伟大的母亲，在感到昆虫般的人所织成的蜘蛛网的触动以后，终于在沉睡中动了一动，通过尘世的轨道，发挥出自己的全能的威力，找到搅扰她的常规的人，把他消灭。

作者指出，杰德温的破产是他自己咎由自取。这似乎是命运的报应，像昆虫一样软弱的人竟敢轻举妄动，大地就将他吞吃了。这种思想显然比《章鱼》后退了。

以结构而论，《粮食交易所》较之《章鱼》结构更紧凑、完整；以情节而论，内容更集中，人物更突出。小说对唯一的主人公杰德温和妻子劳拉的关系，尤其是劳拉孤寂的心境描写得绘声绘色。但这部小说的史诗感却有所减弱，对人与社会关系的洞察和分析也远不如《章鱼》深刻，小说结尾处，杰德温投机失败，经济破产，出轨后的劳拉则良心发现，与丈夫言归于好，这种道德上的升华使小说的结局过于苍白，难以引起读者的同情。

总之，诺里斯与同代许多年轻作家一起，开创了美国文学中自然主义传统之先河，对后世作家产生了深远的影响，威廉·福克纳对污秽细节的描写，厄内斯特·海明威的故事有时表现出的残酷无情，以及托马斯·沃尔夫的富有诗意的文笔，都和诺里斯的作品内容与风格的影响有一些关系。

二、杰克·伦敦

（一）杰克·伦敦的生平与创作概况

杰克·伦敦（Jack London，1876—1916）生于旧金山，在奥克兰长大。他的童年生活很穷苦。他自幼父母离异，母亲带他改嫁给一穷苦农民，过着颠沛流离的生活。15岁时，他在旧金山流浪。后来，他开始在旧金山海湾里捕蚝，当过渔警、水手。1893年，美国发生全国经济恐慌，杰克·伦敦陷入社会生活的最底层，饱尝冻馁之苦，他曾参加劳苦工人向华盛顿的进军，被当作流浪工人拘留过。1896年，他加入到北部克朗戴克河去淘金的人群，历时一年，这期间，他不但没有淘到一粒黄金，反而还得了坏血病，又回到旧金山。年轻时代的坎坷经历，包括海上冒险，以及对美国劳工状况的亲身体验等，让杰克·伦敦清楚地认识到了社会的不公平，这给他的小说创作铺平了道路。同时，“北方生活”——莽林、雪原、激流、山路——极大地丰富了他的想象。

1900年，杰克·伦敦的首部短篇小说集《狼之子》问世，赢得了大量读者。随后一系列“北方故事”陆续帮他走上文坛。自1900年至1916年的十几年间，杰克·伦敦连续发表长篇小说、短篇小说集及论文集等作品50余部。其中最优秀的作品包括小说《野性的呼唤》《深渊里的人们》《海狼》《白牙》《铁蹄》，半自传体长篇小说《马丁·伊登》《约翰·巴里康》，短篇小说集《热爱生命及其他故事》《当上帝笑时》《太阳的儿子》《强者的力量》以及论文集《阶级的战争》《革命》和《漂流的人》等。

成名之后，杰克·伦敦的生活日渐豪华，他喜欢冒险，曾耗资3万美元打造了一艘船去南海旅行，两年之后，带着一身的债务回国，而且身体也不如从前。回国不久，他又开始修建名为“狼屋”的豪华住宅，但在“狼屋”竣工后的第二天，就发生了火灾，“狼屋”顷刻化成了灰烬，自此，杰克·伦敦一蹶不振。之后，他陷入了经济困境和家庭纠纷中，经常酗酒，精神走向崩溃。1916 年 11 月 22 日服吗啡自杀，年仅 40 岁。

（二）杰克·伦敦的小说分析

杰克·伦敦的很多小说都描写了劳动人民的疾苦和资本主义制度的残酷，对资产阶级的腐朽和堕落进行了揭露。例如《深渊中的人们》描述了英国资本家的残忍和工人的苦难；《阶级间的战争》反映出他的命定论思想和要求改革的愿望；《铁蹄》是一幅 20 世纪早期噩梦般的社会图画，它警告人们在芝加哥将会出现法西斯专政。在杰克·伦敦的众多的小说中，最具代表性的是《野性的呼唤》和半自传体小说《马丁·伊登》。

《野性的呼唤》讲述了一个名叫布克的良种狗的故事。强壮的布克曾经在米勒大法官家受到优厚的待遇，但后来它被法官家的一个园丁盗走，转卖给了去阿拉斯加淘金的加拿大籍法国人法兰夏和派劳特。跟随着法兰夏和派劳特，布克见识到了爱斯基摩狗的凶残。为了生存，布克学会了拉雪橇，学会了偷吃而不被发现。作为一个外来者，布克受到了爱斯基摩狗史皮兹的憎恨，它们之间的矛盾最终因为一只兔子而被激化。在争斗中，史皮兹被布克咬死了。于是，布克自然而然地就成了其他狗敬畏的对象。后来，布克又换了新主人，新主人对布克很不好，经常虐待它。一次，由于所拉雪橇过重，加之奔走时间太长，布克变得奄奄一息。一个叫约翰·宋顿的探险者见它可怜便救下了它。在约翰的照顾下，布克逐渐恢复了活力，它对约翰充满了感激之情。后来，约翰及同伙在发现金沙后只顾发财而冷落了布克，于是布克离开了约翰，开始在荒林中漫游，并最终与狼为伍。有一天，布克在不经意间发现约翰等人被印第安人杀害了，这消除了它与人之间的最后的联系。最终，布克成了众流浪狗的首领。每逢夏日来临，它都会回到约翰丧生之地凭吊。

从表面上来看，《野性的呼唤》似乎是一篇儿童寓言，但事实上杰克·伦敦是在以兽喻人。当时的美国社会资本主义文明的发展已达到最残酷的阶段，“适者生存”论成为垄断资本残酷积累的有力辩词。从一定意义上讲，布克的经历是这种社会现实的寓言式再现。在大法官家的日子喻示着布克处于上层社会中，成为雪橇狗则喻示着布克跌入了社会的底层，在北国冰雪中每日拉雪橇跑40英里的狗群则是当时美国广大劳苦人民的写照。可以说，《野性的呼唤》是对“适者生存”的诠释，布克是适应环境的典范。当布克从优越的环境中降至卑贱的地位时，它为了免受皮肉之苦而学会了顺从；为了填饱肚子，他学会了偷咸肉；为了能够适应冰天雪地的环境，它的嗅觉和视觉变得十分敏锐……所有的这一切，都预示着野性开始在布克的身上复苏了。小说虽以第三人称叙事，但“意识中心”始终是布克。读者在阅读中下意识地会和布克同呼吸，共命运，通过它的头脑进行思维，透过它的眼睛看世界与人。小说戏剧性地呈现出了布克的经历和思想活动，这种艺术表现手法为后来的小说创作提供了借鉴意义。

《马丁·伊登》通过马丁·伊登的死表明了社会环境对人的影响。马丁原本是一个水手，但是他却想成为作家。为了这个目标，他不断地努力着，经过无数次的退稿之后，马丁最终发表了属于自己的作品，并一举成名。成名之后，马丁的生活发生了变化，以前很多对他不屑一顾的人们纷纷来取悦他，其中也包括他曾经倾心的露丝。露丝喜欢马丁的粗野，但又嫌他文雅不足。在没有成名之前，露丝曾与马丁订了婚，但是由于马丁一直没有稳定与丰厚的收入，而且被人误认为是社会主义者，露丝与他解除了婚约。而当马丁成名之后，露丝又要求恢复婚约。通过成名前后的反差，马丁看到了他一直向往的上层社会的本质，并认识到他的努力的索然无味。在赴国外的航程中，马丁自沉海底，以自杀的方式了却了自己的一生。马丁·伊登的悲剧反映了20世纪初美国普通青年对“美国梦”的追求和破灭。他的死亡，事实上也是代表着个人主义会导致个体死亡。杰克·伦敦评论《马丁·伊登》时曾说，他写这部小说是为谴责个人主义，表明人不能为自己而活。

在《马丁·伊登》中，杰克·伦敦采用了大量的心理描写来塑造马丁这一形象。比如第 4 章内就有一大段是描写马丁·伊登上楼后的脱鞋动作的，整整用了 5 页纸，把他在脱鞋过程中的思想活动——从灰黄的墙皮，他忽然想到光艳的露丝，想到自己的智能，看到自己的面容，决心改变自己的外貌；从自己的粗糙的双手，想到露丝纤细的手；想到自己忙碌做工以求生存的一家，姐妹、父母；想到他与露丝之间存在的鸿沟等，马丁·伊登思潮起伏，充满钦羡与自卑的心理状貌清晰地展现在读者面前，从而加强了人物的真实性。这种方法也成了以后小说创作常用的方法之一。

总之，杰克·伦敦笔下的人物个性鲜明，小说情节紧凑，文笔生动，小说中常有马克思与尼采相矛盾的思想，他严肃地揭露了资产阶级的剥削本质，写出了许多社会小说和动物故事，具有一定现实意义。因此，他在美国文学史上占有重要地位。

第四章　美国现代主义小说的发展与创作

19 世纪末 20 世纪初，美国现代主义小说逐渐兴起。现代主义小说舍弃了故事情节的完整性和戏剧性，不再有性格鲜明的主人公和人物，人物被从不同的角度、被置于不同的情境下观察，显得模糊、破碎，而且人的内心世界不受现实时空的束缚，因此，现代主义小说逐渐推翻了现实主义小说的表现原则（模仿现实）和方式（叙述故事），在小说的结构、技巧和语言方面进行了内部革新。

第一节　美国现代主义小说的发展与创作概况

作为一种文艺思潮，现代主义萌芽于 19 世纪末期的法国、意大利，形成于 20 世纪 20 年代的整个西方文坛。它是对 20 世纪风行于世界的多种反叛传统、追求新奇的文学流派的总称，是传统文学在新时代的转型与创新。它以尼采在 19 世纪末提出“上帝死了”“一切价值重估”的口号作为自己怀疑一切、反传统的创作理论依据。

20 世纪 20 年代时，美国受到国外诸多文学思潮的影响。首先，发生在法国的象征主义运动逐渐影响了美国，象征主义创作原则和手法出现在了美国的小说中；其次，弗洛伊德的精神分析和威廉·詹姆斯所提出的“意识流”术语为众多的作家所接受，并被运用到创作实践中，从而增强了小说的现代主义色彩。与现实主义文学相比，现代主义文学显示出了自己的独特之处。在思想内容方面，现代主义文学具有强烈的文化批判倾向，并且对异化主题情有独钟。在艺术特征方面，首先，现代主义文学强调表现内心活动和心理真实；其次，现代主义文学普遍运用象征隐喻的神话模式，追求艺术的深度模式；再次，现代主义文学提倡“以丑为美”“反向诗学”，大量描写丑的事物；最后，现代主义文学热衷于艺术技巧的革新和实验，某些作家的创作具有形式主义倾向。总之，现代主义文学尽力突出人们对现代资本主义社会的深切的危机感，尽力表现社会中各种异化关系，积极探索人的生存状况、人的本质问题，进行强烈的文化批判，并热衷于艺术技巧的革新与实验。

美国的现代主义文学一方面吸取了欧洲象征主义、表现主义和存在主义等创作方法和艺术技巧，进行了小说创作手法的革新；另一方面又对美国哲学家和心理学家威廉·詹姆斯的意识流理论、弗洛伊德的精神分析法以及荣格的集体无意识体系进行了拓展，对人物的内心世界进行了探索，通过无意识的描写，运用梦幻、内省独白、多层结构、复合基调、象征、重组和怪诞等多种艺术手法表现了西方现代人在资本主义自由竞争条件下所造成的苦恼、困惑和悲观的“自我”。

与其他国家的现代主义文学相比，“美国的现代主义文学强调个人的价值和自由，热衷于表现无上的‘自我’，显示人生的飘忽不定和社会对个性的压抑”[①]。在创作原则和表现手法上，美国的现代主义常与现实主义或自然主义交织在一起，并没有像欧洲那样出现很多的现实主义流派，同时也没有产生如詹姆斯·乔伊斯、卡夫卡等典型的现代主义大师。在创作实践中，美国的小说家通常运用现代主义技巧来表现美国现实社会中的人和事，如格特鲁德·斯坦因(Gertrude Stein，1874—1946)、舍伍德·安德森(Sherwood Anderson，1876—1941)、纳撒尼尔·韦斯特((Nathanael West，1903—1940)、多斯·帕索斯(John Dos Passos，1896—1970)等都是如此，他们通过自己的小说创作表现了美国现

① 杨敬仁.20世纪美国文学史(第2版).青岛：青岛出版社，2010：67

实社会中人的异化、孤独和失落，从而丰富了美国的小说宝库。

第二节　美国现代主义小说之母
——格特鲁德·斯坦因

一、格特鲁德·斯坦因的生平与创作概况

格特鲁德·斯坦因(Gertrude Stein，1874—1946)出生于美国的宾夕法尼亚州奥勒更尼市，在奥克兰度过童年。她出世时，家境富裕，父母虽然文化程度不高，但并不保守。两岁时，她随家人去法国和奥地利。回国后，全家迁往加利福尼亚州。斯坦因中学时期，父亲不幸去世。斯坦因从小就不喜欢父亲的作风，同时对母亲也没多少感情，她只跟自己的哥哥列奥感情很好。1897 年，斯坦因毕业于马萨诸塞州克利夫女子学院，之后又进入约翰·霍普金斯大学研究心理学。后来，斯坦因发现自己对心理学越来越不感兴趣，于是，她放弃了学业，和哥哥利奥一起住在巴黎。在巴黎，斯坦因受列奥的影响，经常出入巴黎的各家画廊，因此结识了毕加索、马蒂斯、布拉克等现代派画家，并受到这些艺术家的影响，在小说的创作中大胆引用现代派创作技巧，把绘画技巧应用到她的文学创作之中，开了美国现代主义小说的先河。1903 年，斯坦因创作了《情况如戏》，1908 年又创作了《美国人的成长》，此后还有《三个女人》《软纽扣》等作品问世。1946 年，斯坦因逝世于法国塞纳河畔，享年 72 岁。

二、格特鲁德·斯坦因的小说分析

斯坦因的小说创作深受乔治·桑塔亚那和威廉·詹姆斯的影响，正是詹姆斯发现了她在不受意识控制的状态下进行“自动写作”的才能，并鼓励她发展这种才能，放弃复杂的意识转而发掘

无意识成为她文学创作的指导思想。在斯坦因的小说中能够表现她的创作理念的作品是《美国人的成长》《三个女人》《软纽扣》三部作品。

《美国人的成长》是斯坦因在初获作家声誉后创作的作品。在这部小说中，斯坦因“将她的家庭和朋友的历史变成不连贯的曲折的叙述，还经常插入即兴的议论，大谈人性和人对时间、距离、生产的看法，形成了奇特的风格”①。

《三个女人》由《善良的安娜》《梅兰克莎》和《温柔的莉娜》三个独立的短篇组成。在《善良的安娜》中，安娜乐善好施，一生为人帮佣，总是愿意将自己辛苦挣得的钱借给别人，但是最后却因为收不回债务而病死。在《梅兰克莎》中，黑人姑娘梅兰克莎大学毕业后一直没有找到工作，因此一边游荡，一边寻找新刺激。在“游荡”了差不多一年后，她碰上了一个混血青年，两个人既相爱又不相爱，既想爱又不想爱，彼此互相戒备，疑虑重重，过着一种欲进又退、退又想进的反反复复、犹犹豫豫的生活。最后，这段恋情以失败而告终，梅兰克莎最终死在了济贫院中。在《温柔的莉娜》中，莉娜温柔可人，逆来顺受，听从姑母的意思嫁了人，在浑浑噩噩地生下四个孩子后，因虚弱不堪而离世。这三个女性都过着听天由命的生活，她们都是善良、正直的人物，但都好像“好人没好报”似的不得“善”终。这种以死为最后归宿的悲观主义色彩，似乎同当时那些移民国外的知识分子的心理状态有关，他们既否定了先前的理想和价值，又一时找不到出路，因而在精神上充满了幻灭感，从而感染了他们笔下的人物。安娜的过度好心是对其内心潜在的同性恋倾向的救赎；梅兰克莎虽然过上了正常的生活，但是她却把自我认知和身边的男性联系在了一起，成了他们身边的一个物件；莉娜缺乏个性，像个被击溃的失败者一样麻木。这三个女性代表了女性的三种生活状态，每个人物都演绎了一种特殊的爱。

---

① 杨敬仁. 20 世纪美国文学史(第 2 版). 青岛：青岛出版社，2010：69

《软纽扣》是斯坦因尝试以口语的运用来达到抽象派绘画表达效果的艺术小说。所谓的“软纽扣”就是蘑菇。全书按“实物”“食品”和“房间”三大部分来安排，没有统一的句法或可以诠释的含义，仿佛是用词汇构成的拼贴画。小说中把日常生活中很普通的物品写得似是而非，亦真亦幻，朦朦胧胧，显示了散文和寓言兼备的特点，具有欧洲立体主义绘画的艺术效果。在这部小说中，作者倾注了个人的感情，让读者随意联想，自寻答案。然而，这个答案是很难找到的。但这种独特的语言实验富有表现力，古怪而新颖。

从整体上看，斯坦因的小说充满了现代主义色彩。评论家朱迪·格拉恩将斯坦因的创作原则总结为“共性（普适平等）、本质、明暗关系、现在进行中、游戏、转换”等要素。这种风格被阐释为一种“男权话语的女性主义改写”。斯坦因企图在语言的章节、标点的混用和文体的风格上开辟一条新的途径，朦胧的意象、颠倒的时序、词语的重复、亦真亦幻的描写、拼贴式的画面和音乐性的话语等，成了后来美国现代主义文人和当今后现代主义作家以及语言诗人模仿学习的榜样。因此，斯坦因被评论界誉为“现代主义之母”、20 世纪美国文坛上“超前”的女怪杰。在谈及斯坦因的语言运用时，她的女秘书艾丽斯这样说道：“斯泰因非常热衷于精确描述内部和外部现实，这一理念在她的创作中根深蒂固。她在作品中经常采用浓缩（或集中）的手法，这样就使作品的意义纯化了，破坏了诗歌与散文中的联想情感。她知道，美感、音乐性和修饰性是情感的结果，而不是起因，经历的事情也不是情感的起因，它们甚至不能出现在诗歌和散文中。情感本身也不是诗歌或散文的起因。它们的构成应当是对内、外部现实的精确复制。”①

① 杨敬仁. 20 世纪美国文学史（第 2 版）. 青岛：青岛出版社，2010：271

第三节　现代小说的鼻祖——舍伍德·安德森

一、舍伍德·安德森的生平与创作概况

舍伍德·安德森(Sherwood Anderson,1876—1941)生于俄亥俄州克姆顿镇,父亲是个穷小贩。由于生活所迫,安德森从小就去卖报、打杂工,中小学读读停停。20岁时,母亲病逝,家里更困难,他便到芝加哥当临时工,业余时间抓紧自学。在1891—1912年美国与西班牙战争期间,安德森应征入伍,在部队中,他表现出色,在回国后获得了奖学金,利用这笔钱,安德森到威坦堡大学预科学习。后来,他结婚成家,自办小油漆厂,白天做生意,晚上写点诗。

40岁的时候,安德森感觉自己整天都在为物质利益而奋斗,生活中似乎少了点什么,于是他选择了离家出走,到芝加哥当了一名作家。在那里,安德森结识了已成名的德莱塞和桑德堡等作家,这对他的创作产生了一定的影响。芝加哥的文艺界十分活跃,小型文艺刊物如雨后春笋,新人新作层出不穷,不久就形成了名闻遐迩的"芝加哥文艺复兴"。安德森深受鼓舞,很快就投入到文艺热潮之中。1912—1924年,他的作品在两家小杂志发表。1916年,他以故乡俄亥俄为背景,写了一系列故事,在杂志上陆续刊载,后汇集出版,取名《小城畸人》,获得文艺界的好评,奠定了小说家声誉。两年后,这部作品成了《日晷》杂志第一部获奖作品。1921年,他又出版了短篇小说集《鸡蛋的胜利》,再一次轰动文坛。之后,他的新作接连问世,如短篇小说集《马与人》、自传体小说《讲故事的人的故事》和《沥青:中西部的童年》以及短篇故事集《林中之死》。

除了进行短篇小说创作外,安德森也进行了长篇小说的创

作,如《温迪·麦克弗孙的儿子》《前进中的人们》《穷白人》和《黑色的笑声》等,其中,《温迪·麦克弗孙的儿子》《前进中的人们》由于艺术上还不成熟,影响并不大,而《穷白人》和《黑色的笑声》则受到了读者的喜爱,其中,《黑色的笑声》成了安德森最受欢迎的长篇小说。

进入晚年之后,安德森的创作遇到了瓶颈,没有力作问世。1941 年,安德森赴南美作亲善旅行,但在告别宴会上误吞了牙签,最后在手术中不幸去世。

二、舍伍德·安德森的小说分析

舍伍德·安德森的小说主要取材自美国中西部小镇的人和事,反映了工业化造成的现代人之间的感情疏远、失落感,以及受挫后的无奈和绝望,揭示了小镇的清教主义的道德观对人的精神束缚。在具体的写作上,安德森受弗洛伊德心理分析理论的影响颇深,他善于对人物心理活动尤其是正常人的异常心理进行刻画,通过对人们在瞬间迸发出的强烈情绪的捕捉,来揭示人物内心深处的激情。在安德森的众多小说作品中,最具代表性的作品是《小城畸人》和《鸡蛋的胜利》。

《小城畸人》是一部小说集,其中收录了《怪诞篇》《手》《虔诚》《上帝的力量》《教师》《冒险》《母亲》《古怪》和《没有说过的谎言》等众多比较具有影响力的作品。从整体上看,《小城畸人》描绘了美国工农业现代化给中西部小镇带来的暴力活动、居民性格的扭曲和感情的压抑,展现了大工业时代小城畸人的现代特征。限于篇幅,在这里,我们主要对《小城畸人》中的《怪诞篇》《手》《虔诚》《母亲》《历险》《离别》进行分析。

《怪诞篇》是《小城畸人》的第一篇,该篇写的是一个蓄着白胡子的老作家在他的手稿《怪诞篇》里创作了一篇寓言,描绘了温斯堡镇的情况:在人类早期有许多模糊的思想,但没有真理。后来,人们将许多想法拼凑成"真理",抓住"真理"加以想象。最终,想靠“真理”吃饭的人变成了怪物，他所抓住的“真理”成了谎言。安德森通过这样一个故事说明了一个道理：不能将某个真理绝对化，否则就会扭曲自己的人性，使自己与别人断绝来往，陷入孤寂的精神困境。

《手》讲述了一个名叫比德鲍姆的老教师的故事。比德鲍姆在温斯堡小镇住了整整20年，作为一名教师，他十分喜爱自己的学生，常常会用手来抚摸学生的双肩和乱发。有一天，一个白痴男孩说他梦见自己跟比德鲍姆发生性关系，说了几遍之后，竟然让大家都认为这是事实，并使全镇的人对比德鲍姆横加指责，导致他之前用手抚摸学生的双肩和乱发的行为被赋予了肮脏的意义，最终，比德鲍姆被小镇的人当成同性恋者赶走了。在这篇小说中，安德森将焦点放在了手上，对于比德鲍姆来说，手既是劳动的工具，又是师生之间友谊的媒介。但是万万没料到的是，正是由于他的这双充满感情的手给他带来了莫名其妙的灾难。安德森抓住“手”这个细小的特征，揭露了温斯堡小镇清教主义对人性的压制，以及如何将好人心态变成畸形。

《虔诚》讲述了杰西·本特的故事。杰西是一个老农民，他对上帝抱有虔诚的信仰。大战后，杰西发家成了农场主。至此，他深受清教主义思想的影响，又掌控着家庭的资产，便自封为长老，对妻子、儿女和孙子进行方方面面的控制。然而，长大的子女们都接受新思潮，再也不听从杰西的指挥，为摆脱他的控制纷纷离开家。小说通过杰西的遭遇，嘲讽了工业化过程中的宗教，表明它对青年一代的昔日权威已经被外来的新思潮替代，纵然老一代还想维护它的威严，但面对不可逆转的工业化潮流，这些维护已经变得苍白无力了。

《母亲》讲述了乔治·威拉德与他的母亲之间的故事。乔治的母亲年轻的时候朝气蓬勃，美丽动人，对生活充满了希望。随着时光的流逝，她也到了结婚的年龄，嫁给了乔治的父亲。婚后，威拉德太太变成了一个家庭主妇，整日照顾儿子，为全家一日三顿操劳，几乎没有个人的时间和空间。就这样，小镇庸俗的生活一天天地消耗了威拉德太太的青春，她年轻时的理想早已被每日的锅碗瓢盆淹没了，一事无成。于是，她开始恨丈夫，认为是丈夫毁了自己的前程，甚至想把丈夫杀死，可是却什么也不敢做。到了45岁时，乔治母亲就已经失去了生命的活力。每当乔治在傍晚进屋来问候独坐在窗边生病的母亲时，两人总是尴尬得无话可说。乔治的母亲希望儿子不再重复她那种既无生气又无意义的生活，同时也希望儿子不要像他的父亲所说的那样“清醒起来”去追求成功。这篇小说反映了旧传统观念扼杀青年一代的创造性和奋发向上的生活，以完全不同的题材抨击了资产阶级“成功”观念对人的真正的创造性的扼杀，对有意义生活的破坏。故事中有一个精彩的“片刻”：母亲从窗口看到面包师用棍棒、空牛奶瓶与灰猫日复一日地较量再次失败时，不禁哭了起来，这似乎是她屡遭挫败的一生的真实写照。

《历险》描写了未婚的女主人公渴望爱情，并最终明白自己应该面对现实——她懂得了即使在瓦恩斯堡镇也有许多人要在孤独中度日直至死去的一个故事。在这篇小说中，安德森深入细致地描写了乡村没能结婚的妇女所承受的压力和她们的苦衷。小说中女主人公在深夜赤身裸体地在雨夜中奔向一个男子的举动事实上表现了想要“找到并拥抱另一个同样孤独的男人”的女主人公异常的心理状态。安德森认为，精神压抑可能产生感情冲动甚至变态，因此他对渴望而又得不到爱情的女子极为同情。他在作品中描写性，这在当时的确是大胆的，因此受到批评。实际上，安德森只是把人的性需求当作生活的一部分，把性作为某种“交际、交流”的方式，他通过小镇上的人对性的避忌来反映人与人之间沟通、交流思想感情的态度。

《离别》是《小城畸人》的最后一篇，小说的主人公——年轻的乔治·威拉德怀着矛盾的心情告别家乡。在这部小说中，作者用抒情的笔调描绘了小镇的田园春色，通过乔治表露了他对工业化以前的美国乡村的依恋。但工业化的浪潮是阻挡不住的，而且谁也阻挡不了农村青年奔向城市。乔治踏上了西行的火车，象征着美国向西推进。年轻的主人公和年轻的国家开始进入了成年期，把故乡和农业社会抛到后面，剩下的只是留给日后的回忆。

安德森曾在《小城畸人》扉页的一段献词中写道：

> 献给我的母亲
> 爱玛·史密斯·安德森
> 她对周围生活的敏锐观察
> 首先在我心中唤起了
> 剖析生活表层底下的渴望

这段感情上的独白证明安德森的艺术立场在于提倡作家对生活进行直接的观察，并以此作为写小说的基础。一部作品假如情节不完整，那就无法得到真正的开端或结尾，因此，他的作品中强调的不是情节的曲折或情绪的忧伤，而是当代普遍流行的思想观念。小说集好像一块复杂的七巧板，每篇小说作为一个图案，各自记录了某个人物的生活与思想，读完25篇作品之后，它们又巧妙地拼合成一个生动的、完整的画面，这个画面便是瓦恩斯堡镇的全貌。

《鸡蛋的胜利》从某种程度上可以说是《小城畸人》的续集。但与《小城畸人》相比，它的基调更轻松，讽刺性更尖锐，社会意义更深远。全书包括13篇故事，其中最具代表性的是《鸡蛋》和《我要知道的原因》。

《鸡蛋》是全书的楔子，故事以小孩的眼光来叙述中西部一对夫妻可笑而不幸的遭遇。小孩的父亲是个农场工人，母亲是一名教师，他们在乡下办了个养鸡场，但由于鸡多病而没有销路，最后养鸡场以失败而告终。后来他们搬到城里安家，开了个餐馆，由于经营不善，这个餐馆也以失败告终了。最后，实在是没有别的出路了，小孩的父亲就只好拿鸡蛋来变戏法讲故事，取悦顾客。但是他的这个方法并不奏效，很多人都认为他患有神经病，这让他痛哭流涕。小孩不明白事情的原因，天真地问："鸡蛋是哪里来的？为什么鸡蛋会变成母鸡？母鸡又会生蛋？"小说中，作者想通过小孩的父亲生意失败，嘲笑小镇的人发财梦的破灭，字里行间充满了辛酸的喜剧气氛。

《我想要知道的原因》来源于安德森年少时代爱好的赛马活动。故事也是用小孩的角度来讲述的。一名天真可爱的少年十分崇拜赛马冠军杰利和他的马。他走近杰利的马，与冠军分享对马的爱。后来，他看到杰利吻了一个丑女人，伤心地哭了。他想知道这是为什么。他不懂成年人的秘密，不了解生活的复杂性，所以他要搞个水落石出。在这篇小说中，作者想表现正常生活状态下小城人们的病态意识，似乎它是真正支配他们的东西。这里不难看出弗洛伊德心理分析学说对作者塑造人物的影响。

总之，安德森的小说探索、剖析人们在精神和肉体受到压抑时所表现出的沮丧和怨恨，在叙事手法上，打破了围绕情节展开故事的传统小说叙事手法，又在内容方面着重描写现代社会中形形色色的小人物难以和他人沟通、正常的欲望受到压抑而产生的扭曲心理，从而为现代主义小说的发展做出了巨大贡献。此外，安德森对海明威、福克纳、伍尔夫等文学新人的帮助和影响也超过了同代大多数作家。[①] 海明威和菲兹杰拉德都受到他很大影响，海明威曾说："他是我们所有人的老师"。安德森的笔触深入到被生活击败的小人物与弱者的精神世界里。所有这些都使读者对美国人为工业化所付出的代价有了进一步的认识。

第四节 无情社会的描绘者——多斯·帕索斯

一、多斯·帕索斯的生平与创作概况

多斯·帕索斯(John Dos Passos，1896—1970)生于芝加哥一

① 安德森介绍海明威认识斯泰因，并使《在我们的时代里》一书得以在美国出版。他鼓励福克纳写自己所熟悉的家乡生活。

个西班牙裔的小康家庭中。在帕索斯小的时候,他大部分时间都随父母住在欧洲。1907 年,帕索斯回国后入康州乔特中学学习,后考入哈佛大学。1916 年毕业前,帕索斯的父亲送他到西班牙学习西班牙语和建筑,第二年帕索斯的父亲去世,他加入志愿救护队赴法国,后转入意大利美军医疗队。由于不满军事当局的腐败和战争的丑恶,不久,帕索斯便被送回了美国。战后,帕索斯受聘于《英国劳工报》,并派驻西班牙,他还到过土耳其、苏联等地。帕索斯的这些经历为他的小说创作提供了丰富的素材。他的第一部小说《一个人的开端:1917 年》就是以他的参战经历写成的,讲述了一个救护队司机的战地生活。之后,他的第二部小说《三个士兵》又问世了。作品从另一个视角描写了战争对不同性格的三个士兵的影响。1925 年,长篇小说《曼哈顿转运站》出版。第二年他任左翼杂志《新群众》创刊时的编委,与进步作家高尔德一起工作,支持工人罢工。

1927 年,被诬告杀人抢劫的意大利移民工人萨柯和万塞蒂被判极刑,引起全国民众的公愤。帕索斯积极参加营救活动,先后发表了《面对电椅》和《致洛威尔总统的公开信》,结果被捕入狱。萨柯和万塞蒂被处死后,他愤怒地宣称:“我个人脱离美国!”后来,他特意将这个事件写进《美国》三部曲的第三卷。帕索斯虽然没有加入美国共产党,但他一直热心参加各项激进的政治斗争,为受害者伸张正义。

1928 年,帕索斯访问了苏联、西班牙和墨西哥,发表游记《东方快车》和《多国之行》。1931 年,他参加以德莱塞为首的哈仑矿区罢工调查。1937 年访问西班牙时,他看到一个朋友被民主政府处死,十分反感,责怪共产党“非人道”,公开与左翼力量决裂。20 世纪 50 年代初,许多进步人士受麦卡锡主义迫害时,帕索斯却为麦卡锡辩护,因此受到了很多进步作家的指责。

从 1929 年至 1936 年,多斯·帕索斯集中精力创作了《美国》三部曲。《美国》三部曲包括《北纬四十二度》《一九一九年》和《赚大钱》。1938 年三部小说结集出版。此外,他还创作了反映西班牙内战的《两次大战之间旅行记》和《哥伦比亚特区》三部曲:《一个青年历险记》《第一名》和《宏伟的蓝图》,1952 年三部小说结集出版。与《美国》三部曲比起来,《哥伦比亚特区》三部曲显得逊色得多。

进入晚年之后,帕索斯的想象转向保守,他批评自己以前所诚心支持的左派人士、艺术家和工会领导人,在一些小说如《我们的前景》《被选中的国家》《很可能会成功》《伟大的日子》《世纪中叶》等中流露了不健康的情绪。1970 年 9 月底,多斯·帕索斯离开了人世。美国各大报都在第一版刊登了讣告,对他表示哀悼。

二、多斯·帕索斯的小说分析

从整体上来看,由于多斯·帕索斯的思想经历了自左向右的最突出的积累转变,因此,他的小说创作也体现出了这种倾向。早期的时候,帕索斯的作品多描绘下层人的生活境遇,揭露了无情社会这样一个主题。但到了 1936 年以后,由于他对共产主义产生了失望情绪,认为共产党是反对美国民主的力量,因此思帕索斯对大企业的做法表示赞许,支持美国对越南的战争。在帕索斯的小说创作历程中,最具有影响力的还是他早期的一些小说作品。这些作品的中心思想是"庞大无情的社会对个人的摧残,中心意象是侏儒般的个人和巨兽般的'国家'相互抗衡"[①]。在这里,我们主要对他所创作的《美国》三部曲进行分析。

《美国》三部曲描绘了美国 1900 年至 1929 年大萧条爆发时期的动荡的社会生活。《北纬四十二度》描写的是 1900 年至 1917 年的美国历史。在这段时间里,美国参加了第一次世界大战,提出了 20 世纪建设新国家的希望。小说通过对那个时代的人物的描写逐步反映了进步力量的兴起和激进势力对资本主义制度的

① 常耀信.精编美国文学教程(中文版).天津:南开大学出版社,2005:235

挑战。《一九一九年》点明了第一次世界大战是利润最大的交易。战场成了恐怖和充满性丑闻的地方，经济危机导致了革命，十月革命成功了，西方国家则没有革命。一切都在《凡尔赛条约》的争吵声中结束。美国士兵回国了，碰到的是1919年5月1日工人大罢工，但罢工带来的是荒唐的“恐共症”，这成了寡头政治和资方强化剥削的借口，同时也为加强商品化和寡头政治创造了条件。《赚大钱》的背景是20世纪20年代，主要描写了美国社会出现了政治上的分裂、经济上的粘合以及感情上的挫伤。主要人物精神上的崩溃与经济上的消耗是同时发生的。萨柯和万塞蒂被处死，人们的希望破灭了，但作者暗示：人民中间隐藏着的真正的理想主义即是20世纪30年代的神话。

《美国》三部曲规模宏大，从美国的东岸写到西岸，从国内写到国外，反映了20世纪初的30年里美国各个阶层的社会生活。通过“新闻短片”“人物传记”“摄影机镜头”等手法，这三部小说共塑造了12个主要人物形象。以这12个来自各个不同阶级的人物在事业上的浮沉以及在感情上的起伏，展示了20世纪以来美国社会史诗般的全景画面。在“新闻短片”中，作者利用20世纪前30年内报纸的新闻标题、消息、广告、标语口号、官方文件、电台流行歌曲、诗歌节选和粗俗俚语等内容，承托出了人物所处的时代背景。“人物传记”则对20世纪前30年在美国历史上各行各业的风云人物进行了勾勒，其中包括著名的政治家、企业家、艺术家、科学家、工会领袖、新闻记者、演员、建筑师和知识分子等，利用他们的事迹进一步突出了小说的真实性。“摄影机镜头”是作者用意识流手法写成的51篇短文，没有标点符号，全部用小写字母，以表现作者本人意识的潜流。它们常常跟在人物传记或“新闻短片”后面。这部分充分表现了作者的成长过程。

总之，帕索斯通过小说创作首发的创新对现代主义进行了文学实践。他所采取的将虚构的描写与非小说的事实片断交织在一起的做法为后来现代主义小说的创作提供了借鉴之处。

第五节　黑色幽默的先驱——纳撒尼尔·韦斯特

一、纳撒尼尔·韦斯特的生平与创作概况

纳撒尼尔·韦斯特(Nathanael West,1903—1940)生于纽约市一个德俄裔联姻的犹太移民家庭。他的父亲马克·温斯坦从立陶宛逃兵役来到美国,后因从事建筑承包而发了财。母亲是名门闺秀,文化素养高,精通德语和文化。良好的家庭环境让韦斯特获得了良好的教育。大学毕业后,韦斯特旅居巴黎并结识了斯坦因、庞德、艾略特、乔伊斯和卡贝尔等现代主义作家,成了"流放者"青年作家的一员,生活得很快活。此间,他接触了法国象征主义、唯美主义和超现实主义等文艺新潮的作品,又受"流放者"几位美国作家的影响,对文学创作产生了兴趣。

1926 年,韦斯特因为父亲破产而终止了在巴黎的生活,回到了纽约。起初他帮助父亲工作了一段时间,后来打算搞旅店管理,自己维持生活。1927 年,他通过家庭关系成了凯恩莫旅店经理助理。每当值夜班时,他就阅读文学名著,还为一些无处安身的朋友提供住处。1928 年韦斯特在萨顿旅店任经理时偶然遇到作家考德威尔和法雷尔,两人劝他试写小说,他便悄悄地动笔试试。

1931 年,韦斯特第一次以纳撒尼尔·韦斯特的笔名将自己大学时的旧稿子《巴尔索·斯聂尔的梦幻生活》修改后自费出版,可惜并未引起很大的反应。之后,韦斯特辞去了自己在旅馆的工作,专心写作。两年后,他的第二部小说《孤心小姐》问世,得到了广泛的好评。出版这部小说的出版商不久之后就破产了,导致很多人都买不到这部小说,这让人们更加渴望阅读。

1932 年至 1933 年,韦斯特当过两家杂志的编辑,后去好莱坞

任职，生活比较安定。1935年，他参加全美作家代表大会，与左翼作家有来往，后来又与考德威尔、法雷尔和考利声援西班牙人民的反法西斯斗争，受到文学界同人的欢迎。

1939年，韦斯特的小说《蝗虫日》出版并深受评论界好评。1940年4月，韦斯特与艾琳结婚。同年12月22日，他们在墨西哥度假回家途中发生了车祸，夫妻二人都不幸遇难。

二、纳撒尼尔·韦斯特的小说分析

韦斯特生前鲜为人知，他的意外去世才使他得到了新闻界和文学界的广泛关注。人们通过阅读他的小说作品发现，他在小说中所运用的超现实主义的现代派技巧走在了时代的前列，引起了第二次世界大战后年轻一代的极大兴趣，并对后来的作家产生了深远的影响。卡森·麦卡勒蒂、弗兰纳莉·奥康纳、约瑟夫·海勒、托马斯·品钦、拉尔夫·埃里森等人都在某种程度上受益于他的作品。因此，人们称他为美国20世纪30年代最优秀的作家之一，第二次世界大战后第一位最重要的小说家，他还被视为20世纪60年代美国荒诞小说和黑色幽默小说的先驱者之一。

由于生命短暂，韦斯特留下的小说作品并不多，但是这些作品却非常有价值。在这里，我们主要对他的《孤心小姐》和《灾蝗日》进行分析。

《孤心小姐》的主人公"孤心小姐"是纽约一位男专栏编辑的笔名。他用这个笔名在专栏上回答读者来信中提出的各种问题，帮助他们出主意想办法。他希望通过这种方式来吸引更多的读者，以扩大报纸的发行量。然而渐渐地，他从读者许许多多真诚的来信中逐渐了解到很多社会底层人民的大量不幸事件，这其中包括先天不足的少女找不到对象，女青年遭坏人强奸、轮奸或诱奸，妻子受丈夫虐待，女工劳动时间长等。这些不幸的事件让这位男专栏编辑对自己原本提倡的"博爱"产生了怀疑。同时，他也感到了自己的做法对于现实生活来说是苍白无力的，这他感到十分苦恼。于是，他整天闷闷不乐，并逐渐沉湎于酒色中，不得不求助于耶稣基督的“爱”。可是，这一切都无济于事，最后他被他那“亲爱的读者”——跛子杜依尔开枪打死，了结了一生。小说一经出版就引起了轰动，“孤心小姐”的死亡结局反映了西方文化的衰落，是20世纪30年代大萧条时期畸形社会的真实写照。

在小说中，“孤心小姐”尽管始终没有真名实姓，但韦斯特却将其刻画得淋漓尽致。苦恼与失望的“孤心小姐”、空话连篇的斯莱克、敢怒不敢言的跛子杜依尔和纯朴温柔的贝蒂，都给人留下了深刻的印象。与此同时，韦斯特自始至终都以一种开玩笑的口吻叙述故事，表面上看来无关痛痒，但小说中引述的一些读者来信，仍然充分地揭露了小市民特别是美国中下层妇女的悲剧和苦难。小说中虽然人物不多，大体上都是寓言式的或漫画式的，但具有浓烈的生活气息，令人感到真实可信。

此外，小说在人物刻画和讽刺手法方面别具一格。一方面，作者善于用寓言式的手法来刻画人物，不追求表面的真实，而是运用夸张的手法曲折地表现了事物荒诞的本质。比如“孤心小姐”耽于肉欲，有时十分放肆，这实际上是对一些道貌岸然而生活堕落的自称基督徒的狂热者的极大讽刺。另一方面，韦斯特善于以人物的漂亮言词与其丑恶的行为相对照，用轻松的开玩笑的手法来表现令人心酸的严重的社会问题，将喜剧的幽默与悲剧的哀怨熔为一炉。在这种对照下，读者可以看到乡间生活的抒情描写、城市狂乱生活的叙述、一本正经的说教和对喧噪一时的宗教、艺术和哲学观念的辛辣讽刺交织在一起，从而形成了一种含蓄的幽默，这种手法为后来的黑色幽默所借鉴。

《蝗灾之日》的书名取自《圣经》中上帝派一大群蝗虫消灭那些额头上没有上帝烙印的人的故事。小说的主人公托德·哈克特20世纪30年代从耶鲁大学毕业后到加州的好莱坞电影城搞布景和服装设计，同时追求自己的绘画新意。一天，他醉酒躺在一堆野辣椒上，梦见美国狂人精英入侵加州，并决定采取暴力行动。洛杉矶人先动手，全国各地的人跟着来，国内战争即将爆发。

他遇到费艾·格林纳和她的父亲哈利。哈利以前是出色的喜剧演员，如今竟沦为挨家挨户叫卖银粉的流浪汉。何默·辛普森当过配角滑稽演员，已成为40岁的书店老板。何默迷恋费艾，留她寄住家中，并在经济上帮助她。费艾在他家开舞会，请来一个西部牛仔和停车场的墨西哥青年米格尔。后来，费艾竟在他家里与米格尔私通。何默十分失望，想返回犹他州，路上被一个小孩用石块砸伤，他愤怒地训了小孩一顿。接着，他被一大群人团团围住。他们是来观看明星首演的，想从无聊的生活中找点乐趣。结果出现了一场暴力混战，何默遭到暴徒的私刑，而托德走出他的超现实主义画作《洛杉矶在燃烧》的回忆。等托德醒悟时，他已无法自控，被人群挤坏了腿，恰好遇到警察，才用警车送他走。他躺在警车里，模仿警笛的尖叫声，使尽吃奶的力气大声喊着……小说最后一章充满了暴力和仇恨、贪婪和私欲，这就是一切混乱的根源。

在《蝗灾之日》中，韦斯特巧妙地用电影彩排的临时场景与昔日走红的演员和电影编剧的落魄生活相对照，将20世纪30年代好莱坞男女演员在哭与笑中的辛酸遭遇淋漓尽致地表现出来，充满着亦真亦幻的迷幻色彩以及荒诞讽刺的画面，显示着现实生活的阴暗和虚伪。作者以反讽的手法描写了荒唐的世界，这也是对美国20世纪30年代大萧条时期的人们的思想和生活的反映。

总之，韦斯特的小说题材常常涉及非常野蛮的暴力行为，并以超现实主义手法和现代派的技巧塑造出荒诞的、非人格化的类型。他对世界以及人生的荒凉的看法在他的著作中表达得淋漓尽致，为美国现代主义小说创作手法的多样化做出了自己的贡献。

第五章　美国后现代主义小说的发展与创作

20世纪50年代以后，作为现代主义小说的延伸和发展的后现代主义小说诞生，并在七八十年代达到了高潮。后现代主义小说"摧毁了现代主义艺术的形而上常规，打破了它封闭的、自满自足的美学形式，主张思维方式、表现方法、艺术体裁和语言游戏的彻底多元化"①，推动了美国小说创作的发展。

第一节　美国后现代主义小说的发展与创作概况

进入20世纪60年代后，美国在社会、政治以及艺术各个领域都发生了重大的变化。1960年，肯尼迪当选为美国总统，1962年10月发生了美苏对峙的古巴导弹危机。与此同时，美国国内黑人反对种族歧视、争取民主权利的运动此起彼伏。1963年3月，在马丁·路德·金的带领下，美国发生了大规模的民权运动，一些城市的抗暴斗争时有发生。1963年11月22日，肯尼迪在达拉斯遇刺身亡。1964年8月，美国轰炸北越，开始对越战争。1968年，马丁·路德·金被种族主义者枪杀。

"越战不得人心，政治暗杀不断，民权运动方兴未艾，嬉皮士反主流文化的出现，通俗艺术形式的深入人心，诗歌朗诵和街道剧场的流行，在各种文艺形式中涌现的革新倾向，关于小说形式

---

① ［德］F.基特勒.后现代艺术存在.转引自柳鸣九.从现代主义到后现代主义.北京：中国社会科学出版社，1994：13

已枯竭的预言女权主义的进一步发展，大众媒体及计算机的信息传播等，一切都发人深省，人们突然之间发现事实和虚构之间的界限模糊起来或已不再存在了。”[①]在这种种背景之下，很多的小说作家开始对人生存的意义进行重新探索，并对小说创作手法进行新的拓展。

巴思是第一位明确表达小说需要新的活力的人。他在他的《枯竭的文学》一文里宣称，传统小说已死，传统小说所提供的资源业已用尽，必须寻觅一种全新的写作方法，小说这个艺术种类才能继续存活下去。于是后现代主义小说便产生了。

美国的后现代主义小说认为真理和现实是多方面、不确定、难以捕捉的，为了能够表达出这样的一种主题，美国的小说家们竭力通过小说结构、叙事、语言等方面的创新来体现。在这一时期，出现了托马斯·品钦（Thomas Pynchon，1937—　）、弗拉基米尔·纳博科夫（Vladimir Nabokov，1899—1977）、约瑟夫·海勒（Joseph Heller，1923—1999）等小说家，他们通过自己的作品对荒唐的世界进行了揭露，对人性的复杂进行了探索，对社会中存在的悖论和弊端进行了表现与批判。在这些作家的带动下，美国的后现代小说成为世界小说的重要组成部分，对其他国家小说的创作产生了一定的影响。可以说，没有美国后现代主义小说的发展，就不会有后现代小说创作的繁荣。

第二节　荒诞世界的表现者——托马斯·品钦

一、托马斯·品钦的生平与创作概况

托马斯·品钦（Thomas Pynchon，1937—　）出生于纽约市

① 常耀信．精编美国文学教程（中文版）．天津：南开大学出版社，2005：345

长岛，他的祖先威廉·品钦在1630年随温斯洛普船队移居马赛诸赛湾殖民地，其后一连串的品钦后裔在美国获得了财富和名誉。少年时期，品钦就读于牡蛎湾中学，在校期间，就已经在学校校报发表文章，还曾被授予“年度学生”奖。在品钦少年时期创作的作品中已经反映了其日后创作的一些重大主题，如古怪的名字、违法使用毒品、一知半解的幽默等。

1953年，16岁的品钦中学毕业后，进入康奈尔大学学习工程物理学，然而在大二的时候，品钦就离开大学前往美国海军军队服役。直到1957年，他才返回大学完成英语学位。大学毕业后，品钦被西雅图波音公司聘为技术作家。他的这段经历为他以后的创作提供了灵感。之后，品钦从波音公司辞职，先后前往纽约、墨西哥和加利福尼亚等地。1963年，品钦发表了第一部长篇小说《V》，引起了文坛的高度注意，之后陆续发表了《拍卖第四十九批》《万有引力之虹》《葡萄园》《梅森和狄克逊》和《临近那一天》等长篇小说，以及《进步缓慢的初学者》《葡萄园》等短篇小说集。

二、托马斯·品钦的小说分析

品钦的小说创作深受《亨利·亚当斯的教育》的影响，亚当斯在文学上最早提出了用牛顿热力学第二定律对人的思想活动进行解释，认为所有的事物都会向着混乱无秩序、无用的废物方向进行转化，最终成为惰性、静止状态。这一状态可以用“熵”来表示。品钦的小说世界正是以“熵”为基础的，即将这一理论运用于社会，对人类社会日趋混乱和衰竭的现状进行说明。在他的小说中，读者可以看到故事的发生地点遍及五大洲；故事中的人物有将军、士兵、政治家、科学家、特工，还有妓女、非洲土人等。他通过“将人物的行动与他的议论、喜剧因素与电影技巧、音乐与科幻色彩巧妙结合，形成包罗万象、时空交错、历史与虚构相结合的后现代派艺术风格。文本的不确定性与中心的消解正是它的核心”①。在品钦的众多作品中，最有代表性的作品是《V》和《万有引力之虹》。

《V》是品钦的成名作，这部小说是围绕着主人公赫伯特·斯坦索尔在不同的时间和地点追寻“V”展开的。赫伯特原来惰性很强，他的父亲以前是英国情报局的特务，1919 年时在马耳他领海遇难。1945 年，赫伯特在阅读父亲的日记时发现，父亲经常会提到“V”。关于“V ”代表着什么，赫伯特有很多种想法，他认为，它可能代表委内瑞拉，可能是马耳他首都瓦莱塔，或者是传说中的神秘之地威苏，当然也可能是叉开的女人腿，甚至是维纳斯，或是 1899 年诱奸他父亲的女特务维多利亚，或许还是他的母亲，再或许是假的机器人结构。为了探寻“V”究竟代表什么，赫伯特进行了多方面的研究。大量的史料说明“V”大概是女特务维多利亚。她经常变装，而且每当国际政治危机时必出现。1899 年的维多利亚在 1913 年变成了巴黎的同性恋“V”；1922 年又在德属西南非以薇拉·梅罗文出现，这时她配了假眼珠，后来她又扮演坏神父，轰炸时被压在倒塌的房屋下，这时人们才发现原来神父是个女人。她除了肚脐上装宝石外，还戴假发、假牙，还有两个假脚和一只假眼睛。虽然小说对维多利亚的行踪进行了描绘，但是在小说结尾的时候，赫伯特还在寻找“V”，这说明“V”究竟是什么还是没有被确定。

通过这部小说，品钦展现了“V”的异化过程。它的不同身份代表了人类由于平衡而趋于非人格化、身心解体的事实。在这部小说中，品钦所使用的语言是晦涩难懂的，这主要是由于文中有很多的典故而且涉及面太广。另外，品钦将史实与虚构、有生命的人与无生命的机器人混合组成一个荒诞的世界，并且并没有像现实主义小说那样有清晰的结构与逻辑，而是打破了叙事的连贯

---

①　杨仁敬，杨凌雁. 美国文学简史. 上海：上海外语教育出版社，2008：401

性，打破了读者的阅读期待，导致读者无法找出其中的条理性。这种无条理性正是品钦所要表达的，这也是后现代主义小说的一个主要特征。

《万有引力之虹》是后现代主义文学的经典之作，在美国乃至世界的20世纪文学史上有着独特的地位，被称为是“后现代派‘开放的史诗’和‘时代的启示录’”[①]，但它也因晦涩难懂被一些人称为后现代派的《尤利西斯》。小说中的故事发生于1944年12月到1945年9月，即第二次世界大战的最后九个月中。由于德国向英国疯狂地发射V-2火箭的落点与主人公即美国驻伦敦的情报军官泰洛恩·斯洛思罗普与某女人做爱的地点一致，泰洛恩被派到欧洲调查V-2火箭的秘密。最终他发现，他的父亲曾把他卖给心理学家杰夫做儿童实验，而杰夫用的化学试剂是V-2火箭制造的重要原料，因而纳粹现在能够利用他的性行为对火箭的攻击进行引导。在揭开火箭与自己之间的关系的过程中，泰洛恩遇到了形形色色的人，他们当中，有朋友，有敌人。泰洛恩在德国时还遇到了苏联情报官切车林的情妇洁丽，而且他只有在洁丽纯洁的爱中才能感到平静。慢慢地，泰洛恩的感情与欲望变得淡薄了，也开始忘记了过去，最终身体分解不见了，变成了一个十字路口，等于没有了，落了个不了了之。小说这样的结局可能会使读者感到非常失望：泰洛恩的严肃追寻怎么没有结尾？之所以会有这样的结局，是因为品钦看来，世界不是有秩序的、理智的而是混乱的，因而问题不应该得到解决。

《万有引力之虹》充分表现了现实的不确定性和不可知性。小说中涉及的人物达400余人，叙事人的身份模糊，文本缺少连贯性。小说有着深刻的现实意义和警世作用，“天上的虹”在《圣经》中是上帝惩罚人类后与人类和好的象征，而“万有引力之虹”在小说中是导弹发射后形成的弧形抛物线，象征着死亡，也象征

① 杨仁敬. 20世纪美国文学史(第2版). 青岛：青岛出版社，2010：685

着现代西方世界。品钦将第二次世界大战中一场侦察与反侦察的斗争写成一出扭曲而绝望的闹剧。他精心选择大战即将结束的欧洲为背景，描写最后决战的荒唐，战后欧洲的混乱和崩溃，世界在走向大熵化。如此下去，世界末日指日可待。因此，《万有引力之虹》出版后，引起了文艺界的争论，有人认为它是当代欧美文学的顶峰，对当代的社会现实进行了曲折的反映；也有人认为小说太过于杂乱和难懂，就像是一部对世界末日进行预告的启示录。不过，品钦对美国人在欧洲大难临头时的感受与思想进行刻意描述，对欧洲盟友的敏感与分裂进行刻意体验，目的是在向人们揭示战争的恐怖和灾难的同时，劝导人们不要将先进的科技用于战争，而是应该为人类谋福祉。

总之，品钦通过自己的小说创作表达了自己的世界观，揭示了世界的混乱与不可知性，对后人的创作具有启发作用。

第三节　复杂人性的挖掘者
——弗拉基米尔·纳博科夫

一、弗拉基米尔·纳博科夫的生平与创作概况

弗拉基米尔·纳博科夫（Vladimir Nabokov，1899—1977）出生于俄国圣彼得堡的一个贵族家庭。从幼年开始，纳博科夫就接受了平民家庭的孩子所无法得到的教育，他不仅阅读了大量书籍，还熟练地掌握了英语和法语。1919 年俄国十月革命爆发后，纳博科夫跟随父母流亡国外，开始了流亡者的生活。他们先是去了英国，在那里，纳博科夫进入了剑桥大学学习。1922 年，纳博科夫毕业后去了德国柏林。就在这一年，他的父亲被沙俄右翼分子暗杀，给他造成了沉重的精神打击。1925 年，纳博科夫邂逅了同样从圣彼得堡逃亡而来的犹太富商之女薇拉，两人相识不久后结

婚，薇拉在他以后的生活和创作中起到了相当重要的作用。由于薇拉的犹太人身份，他们一家不得不在 1937 年离开纳粹统治下的德国，再次步上逃亡之路，移居巴黎。在希特勒攻陷巴黎之前，他们一家又仓皇逃亡到了美国，并取得了美国国籍。不过，从 20 世纪 60 年代起，纳博科夫又重返欧洲，定居瑞士。

1926 年，在德国生活的纳博科夫发表了第一部长篇小说《玛申卡》，自此开始了职业作家生涯。继《玛申卡》之后，他又创作了《黑暗中的笑声》《绝望》《斩首之邀》《礼物》《国王，王后，坏蛋》等。1941 年，已经在美国生活的纳博科夫发表了第一部英文小说《塞巴斯蒂安·奈特的真实生活》，之后，他又用英文创作了《普宁》《洛丽塔》《微暗的火》《阿达》《透明物体》等。受生活经历的影响，纳博科夫的作品多有他往昔生活的痕迹存在，常常具有强烈的自传性质，并总是表现出一种微妙的失落感。

二、弗拉基米尔·纳博科夫的小说分析

纳博科夫是对文学试验十分感兴趣的美国作家之一，他的小说因叙事的虚构、结构的交迭、意义的不确定、字句的争论游戏以及戏仿、隐喻等的运用而成为后现代主义小说的杰作，其中最有代表性的是《洛丽塔》《普宁》《微暗的火》。

《洛丽塔》是纳博科夫流传最广的作品，这本被称为“肮脏的书”，先后遭到了五家美国出版社的拒绝，最后由法国的一家小出版社出版。直到 1958 年，该书才在美国的普特南出版社出版。在这部小说中，纳博科夫讲述了一个 40 多岁的“老男人”亨伯特与 12 岁的“小仙女”洛丽塔之间的故事。小说一开始采用了电影倒叙的手法，主人公亨伯特在狱中对着铁窗回忆自己一生的经历：他是一名出生于欧洲的混血儿，生性早熟，十几岁时即爱上同年的姑娘阿娜贝尔，不料这位姑娘却早早病逝，亨伯特的初恋也因此草草结束，但他却一直沉浸在对这场初恋的刻骨铭心的记忆之中。进入大学后，亨伯特逐渐发现“性感少女”对自己有着强烈

的吸引力，即使成年后他与一名医生的女儿结婚，这种心灵的冲动仍没有被抹平。受这种心理的影响，亨伯特的婚姻并不幸福，没有多长时间，他便与妻子离了婚。离婚之后的亨伯特孤身一人从欧洲来到美国大学当教授。他在一个小镇上租了房子，但在见到了房东美丽动人的 12 岁女儿洛丽塔后被深深地吸引，并起了淫心，刻意紧追不舍。面对亨伯特对自己的迷恋，洛丽塔不仅不回避他，反而在他身上发现了成熟男子的力量和介于父亲与情人之间的异性魅力。为了能够长期占有洛丽塔，亨伯特娶了洛丽塔的母亲戴格瑞特夫人，但是婚后他们的生活并不和谐。亨伯特一面在日记中记录着他心中对洛丽塔的恋情，一面又在寻找结束戴格瑞特夫人生命的方法，企图杀掉妻子以长期霸占洛丽塔。不料戴格瑞特夫人偶然发现了亨伯特的日记，在狂怒之中，戴格瑞特夫人写了三封告发他的信，却在寄信途中遭遇车祸而亡。侥幸逃过一劫的亨伯特立即毁灭了信件，并以母亲病重住院的理由欺骗洛丽塔前去探望，最终占有了洛丽塔。此后，亨伯特便带着洛丽塔驱车走上了一条茫茫的流亡之路。在流亡途中，他为了讨得洛丽塔的欢心，对其有求必应，不料洛丽塔最终还是神秘失踪了。对此十分愤怒的亨伯特整整寻找了三年却一无所获，于是再次坠入失恋的苦恼之中。后来有一天，亨伯特接到了洛丽塔的来信，信中希望他能够寄去几百元钱以解决她的困难。收到信后，亨伯特立即启程赶到了洛丽塔所在的那个小镇，却发现洛丽塔再也不是自己心目中的那个性感少女了，而是变成了挺着大肚子、脸上布满了雀斑、裸露着小腿和双臂、已失去了健康微黑的肤色、脚上拖着一双脏兮兮拖鞋的小妇人。伤心的亨伯特给洛丽塔留下了四千元钱之后，枪杀了三年前带走并肆意虐待洛丽塔的斯文败类奎尔蒂。最后，小说以亨伯特写完自我供状后不久因脑溢血死于狱中而结束。

《洛丽塔》描述了亨伯特和洛丽塔之间的乱伦恋情，以及存在着许多的色情描写，因此，这部小说在出版后，曾遭到许多评论家的非议。有人认为这部小说的色情描写不堪入目，是一部非道德小说，但纳博科夫一再声称他不是“道德讽刺家”，也“没有什么社会性目的，没有道德信息”。直到20世纪60年代，随着美国嬉皮士运动的兴起，所谓的“性革命”成为时尚，这部小说才受到了高度赞扬。但是直到今天，仍有不少国家因其过多的性描写而将它列为禁书。

从创作手法上来看，《洛丽塔》已经初步具有许多后现代主义小说的特点。这主要表现在以下几方面。

第一，从形式上看，它以主人公独白的方式呈现故事，其中有大量的心理描写，并采用了意识流手法。在基本上由亨伯特的“忏悔”和自白构成的整体叙述中，还不时地加入了日记、诗歌、戏剧脚本、广告解说、新闻体、文献等众多文体形式，如书中有十几页是亨伯特作为证据提交的日记，记录着他对洛丽塔的思念、渴慕及每一次相处，其中有一段写道：

> 星期四，非常暖和。从至高点（浴室窗户）看见多洛雷斯从屋后的晒衣绳上取下什么东西，苹果绿色一闪。溜达出去了。她穿一件方格呢上衣，绿色布裤，一双橡皮底帆布鞋。
>
> 她在斑驳的阳光里每移动一步，都似在我卑劣的身体内最隐秘、最敏感的弦上拨响一声。过后，她和我并身在后门廊的底台阶上坐了下来，她拾着两脚间的石子玩——石子，上帝，然后又是弯曲曲的牛奶瓶玻璃，像一片皱扭的嘴唇——把它们扔进一只罐头盒里。砰。你不能重来——你投不中——这令人心焦——又一下。砰。多漂亮的皮肤——噢，漂亮：柔腻的，日光浴过的，完美无瑕。……

从这段描写中，我们可以清楚地感受到亨伯特对洛丽塔的迷恋。

第二，从风格上看，小说既有悲剧性，又有喜剧性，甚至还有闹剧成分，这进一步增添了小说的复杂性。例如在描写瑞亨伯特枪杀奎尔蒂的场面时，传统小说里一定会将其描写成紧张激烈的，然而作者却运用滑稽的对话、慢节奏的动作将整个场面转换为一场闹剧。两人经过扭打之后，亨伯特让奎尔蒂大声念一首诗，诗是亨伯特自己写的，控诉奎尔蒂骗走洛丽塔，为此，奎尔蒂必须死。念完之后，亨伯特朝他开枪，可奎尔蒂逃进了音乐室，干脆弹起钢琴来。

第三，从叙事策略上看，小说大量使用了戏仿手法。在《洛丽塔》中，作者戏仿了几十位西方著名作家。例如他对诗人兼小说家的埃德加·爱伦·坡的戏仿。亨伯特爱上了 13 岁的小姑娘洛丽塔，这是对爱伦·坡人生的戏仿：爱伦·坡也曾爱上了一个 13 岁的小姑娘弗吉尼亚。又如上卷第 30 节的一个片段：

> 我必须小心而行了。我必须低声细语。噢，你，老练的犯罪报导记者，你，阴郁的老门房，你，一时受人欢迎的警察，你，不幸的名誉退休教授多年为学校增光现在处在孤独的监禁中，靠一个孩子读书给你听！不，绝不，让你们这些小伙子疯狂地爱上我的洛丽塔！

其中的“你这靠一个男孩子读书给你听的不幸的荣誉退休教授”是对艾略特诗歌《小老头》第 4 行和第 5 行的戏仿：“我羁留在这里，垂老于干旱的年月，听着童子的读书声，渴盼雨水的滋润。”

《普宁》讲述了流亡于美国的犹太教授普宁的故事。普宁出生于 1898 年的圣彼得堡，1917 年，他的父母双双死于斑疹伤寒，1918 年，普宁离开基辅，后参加白军五个月，先充当“野战电话接线员”，后调至军事情报处，1919 年，红军攻入克里米亚时普宁只身逃至土耳其君士坦丁堡，尔后就辗转到西方，最后来到美国温代尔学院成为一名历史学教授。

在这部小说中，纳博科夫的过人之处就是塑造了普宁这样一个典型的移民者形象。在普宁的身上，我们可以看到他浓厚的俄罗斯民族情结。他整日沉迷于故纸堆里，以钻研欧洲与俄罗斯的古典文化而自慰，常常回忆往事，时时怀念故国。作为一个失去了祖国、失去了爱情、失去了家乡文化的背井离乡的流浪者，多年来普宁居无定所，受尽折磨，晕头转向，缺乏内在精神生活。这样的状态让他最终躲进了一所孤零零的房子中。这所房子没有邻居、没有噪音，这让他无比兴奋快乐，似乎他的国家没有发生过革命，他也没有背井离乡，没有移居法国，没有加入美国籍，就像他仍然在俄国的哈尔科夫或是喀山当教授，普宁还是原先的普宁，一座郊区的房子，房间里全是古装书，汽车房里放着他的那辆破汽车……

《微暗的火》由两个部分组成，一部分是诗人约翰所创作的999行自传双韵体诗《微暗的火》，另一部分是约翰悲观疯狂的同事查尔斯·金保特为编辑这首诗所写的前言、注释和索引。在诗歌《微暗的火》中，约翰细述了他一生的琐事：同是鸟类学家、生活在房子里的父母；他从小就具有的、阵发性昏迷时也伴随着他的特殊敏感；他对高中时期就是他情人的妻子的温柔情感；他对他丑小鸭似的女儿的深情的爱及女儿自杀身亡所激起的他对死亡的哲学思考；他的写诗方法；他对生、死与来世等问题的看法。而且，这首诗从形式到内容都是明白易懂有条理的。在查尔斯的前言、注释和索引中，我们可以对查尔斯和约翰之间的关系有所了解。查尔斯是个流亡学者，查尔斯之所以会流亡，是因为他的国家发生了政变，这场政变让原本是国王的查尔斯当了几个月的囚徒，后来在奥顿和其他皇家爱国者的帮助下，查尔斯才逃到了美国。自逃跑后，他就受到追踪暗杀的威胁。他常和邻居、著名诗人约翰谈文学，并希望约翰能把他的故事写到他正在创作的诗中。在约翰即将完成诗作的那个晚上，查尔斯带着他回自己的住处，但快到家时约翰被一个等在那里的人打死。惊慌之中查尔斯带着诗稿躲藏起来，他发现，约翰的诗稿并没有写自己的故事，这让他十分失望，于是他征得约翰遗孀的同意准备编辑出版这首诗，在对这首诗进行注释的过程中，查尔斯融入了自己的故事，使《微暗的火》这首诗成为影射自己生平的密码本。

从对《微暗的火》的内容解读中我们不难看出,《微暗的火》采用的是故事中套故事的结构。小说中所表现出来的解构与重构、拼贴以及玩文字游戏等,作为新的后现代主义艺术手法,启发了20世纪六七十年代的作家,促进了后现代小说的发展。

总之,纳博科夫常采用破坏结构、强调阅读、故事里面嵌套故事等手段,混淆事实与虚构,造成读者阅读的困难,从而增强了小说的后现代主义色彩。

第四节　悖论的表现者——约瑟夫·海勒

一、约瑟夫·海勒的生平与创作概况

约瑟夫·海勒(Joseph Heller,1923—1999)出生于纽约市布鲁克要区柯尼岛的一个俄国移民家庭,父母都是犹太人。4岁时,海勒的父亲去世,他全靠母亲和姐姐拉扯长大,家境十分贫寒。第二次世界大战爆发后,海勒应征入伍,在美国第十二飞行大队服役,成为一名空军投弹手,曾驻意大利。这段经历为他之后创作《第二十二条军规》提供了素材。战后,他退役进入纽约大学学习,后进入哥伦比亚大学学习,之后又到英国牛津大学深造一年。1950年回到美国,在宾夕法尼亚州立大学教英国文学,两年后回到纽约。从1952年起,先后在《时代》《展望》等杂志任职。

海勒曾在早期模仿海明威的风格尝试创作短篇小说,但并未受到文坛的重视。直到1961年发表了长篇小说《第二十二条军规》,轰动了整个文学界,也揭开了20世纪60年代"黑色幽默时代"的序幕。之后,他辞去杂志社的工作,在大学授课,并专心进行文学创作,出版了长篇小说《出了毛病》《好得不得了》等。此外,海勒还写过剧本《我们轰炸纽黑文》和《克莱文杰的考验》等。其中,《我们轰炸纽黑文》于1968年在纽约的百老汇大剧场上演,

其时正值反战运动的顶峰时期，该剧反对一切战争的主题也吸引了众多的青年观众。1999 年 12 月 12 日，因心脏病突发在家中逝世。

二、约瑟夫·海勒的小说分析

在约瑟夫·海勒的众多创作中，影响最大的是《第二十二条军规》。这部小说是"黑色幽默"小说的代表之作。"黑色幽默"又称为"大难临头时致命的幽默""荒诞的幽默、变态的幽默、病态的幽默"或是"绞刑架下的幽默"。"黑色幽默"小说常常"强调世界的荒谬、混乱、神秘莫测以及人与环境的不协调，并以夸张到荒谬程度的幽默手法嘲讽社会、人生以及人类的灾难、痛苦和不幸，将快乐与痛苦、冷漠与荒唐、大笑与悲剧并列在一起，让生活中一切为之沮丧、为之悲叹的事物在逗笑和嘲讽中暴露无遗"[①]。《第二十二条军规》便是这样一部作品。

《第二十二条军规》讲述的是发生在 1944 年第二次世界大战的关键时刻的美国第 256 空军轰炸机中队内部的故事。小说的主人公约塞连在美国第 256 空军轰炸机中队中服役。整个部队由指挥官卡司卡特上校掌管，但他为了能升官发财，不顾士兵的死活，无限度地增加他们的飞行任务。由于经历了太多的轰炸任务，这些飞行员最后都变得疯癫。军规规定，已经飞满 32 次的人可以不再执行任务，但在停止执行任务之前，必须要服从上级的命令。约塞连执行了 32 次任务，但是卡司卡特上校仍给他新的命令，于是约塞连只能继续进行飞行。为了能够不再进行飞行，约塞连想尽了一切办法。他想装成疯子，因为空军内部有个第二十二条军规，规定疯子可以停止飞行。为了能够利用这条规定，约塞连开始调查这条规定的可实施性。可是经过一番调查之后，约塞连发现，一个战士疯了，可以允许他停止飞行，只要提出请求

① 聂珍钊. 外国文学史（四）. 武汉：华中师范大学出版社，2010：59

就行，但是，如果他提出请求，那么就证明他的头脑正常，不是一个疯子，如果不是疯子，那么他就必须要继续执行命令。此时，他领悟到了，“第二十二条军规”表面上看是一条约束每个官兵的军规，但它并非是白纸黑字写下的条文，因而军官对它可以作任意的解释，它只不过是一个永远也摆脱不掉的骗局和圈套。在小说的最后，约塞连在同伴的鼓励和帮助下，逃到了中立国瑞典。

在这部小说中，海勒创造了一个没有理智和希望的荒诞世界，这个世界充满了悖论。为了能够更好地揭示这个荒诞的世界，海勒塑造了两类人物，即掌权者和被主宰者。掌权者代表着社会环境的权威力量，操纵着被主宰者的生死命脉，代表人物是飞行大队的指挥官卡司卡特上校。卡司卡特上校对上言听计从、唯唯诺诺，对下却打着“第二十二条军规”的幌子，专横武断，用士兵的性命来换取自己的升迁。被主宰者则代表着现实世界中的大多数人，他们都是无法掌握自己命运的小人物，代表人物就是约塞连。约塞连原本是富有爱国精神、乐观向上的，每次飞行任务他都出色地完成了。但是随着时间的推移，他发展自己周围的人都十分可耻，上级也只是将部下的生命当成自己升官发财的工具，这使他对自己行为的意义产生了怀疑，因为没有意义，约塞连开始逃避飞行任务。他装病住院，甚至将肥皂水掺入食物中，造成集体腹泻，但可悲的是他无论使用什么样的方法，都始终无法逃出“第二十二条军规”这一陷阱。最后，因为无法用正当理由离开战场，他只能成为逃兵。约塞连虽然不具备传统英雄形象所具备的出类拔萃的品格以及崇高壮烈的行为，但是他是这个荒诞世界唯一清醒的人，他看清了现实的混乱和丑恶，不愿与无耻之徒同流合污或被其控制，敢于公然予以反抗。因此，约塞连仍旧是一个英雄人物，他最后的逃跑行为可以看成是一种积极的行为。

在艺术上，《第二十二条军规》有着自己的独特之处。海勒运用了独特的“反小说”的叙事结构，故意用外观散乱的结构、松散凌乱的情节、庞杂的内容、众多的人物来显示其所描述的现实世界的混乱和荒谬；以一种“绝望、沉郁、玩世不恭的幽默将内心无形的恐惧变为有形的大笑，借以表示对现实世界的不满与反抗”①。在这部小说中，过去的事件和现在发生的事件被放在了同等重要的位置上，小说有意抹杀了时间，有些情节表面看起来毫无联系，但是实际上它们反映的是人物被扭曲这一现象。在语言方面，海勒或是用插科打诨的文字来表述严肃深邃的哲理，或是用故作庄重的语调来描述怪诞滑稽的事物，或是用冷漠戏谑的口气来讲述痛苦悲惨的事件，或是用幽默嘲讽的语言来诉说沉重绝望的境遇，在不经意的调侃之中显露出了锐利的讽刺锋芒，直指荒诞的要害，因此这部小说是美国 20 世纪 60 年代荒诞小说的先声。

总之，《第二十二条军规》以其内容和形式的创新成为美国小说历史上的一个里程碑，迄今还没有谁写出结构上与之相似的作品，可以说，《第二十二条军规》是美国小说史上一部不可多得的伟大作品。

在《第二十二条军规》之后，海勒又创作了它的续集——《最后一幕》，对 20 世纪 90 年代“第二十二条军规”仍然肆虐横行的美国社会的混乱与疯狂进行了直接的、毫不掩饰的再现。小说的主人公仍然是约塞连，此时的他经过了两次离婚后，孤独地住在纽约市的曼哈顿区。而且，他发现他仍然无法逃脱美国社会类似“第二十二条军规”的种种制度圈套，它遍及政治、经济、军事、社会福利等各个领域。在政治上，联邦政府的信息自由法案制度要求所有有关机构必须向申请得到信息的任何人提供他们储存的所有信息，只有那些他们不能提供的信息除外。但是，因为哪些信息不能提供是由他们决定的，因而申请人不一定能够获得自己所要知道的信息。在经济上，米洛·明德宾德利用军队和政府内的腐败收买要员，把根本不存在的“嘘！——隐形无声轰炸机”卖给了政府，使美国纳税人的钱就这样流进了不法商人的钱包里。

① 聂珍钊．外国文学史（四）．武汉：华中师范大学出版社，2010：85

在军事上，美国制造假想的敌人，不断地进行军事改进，以便能够让总统在不知道敌人是谁、谁在向我们进攻、什么时候开始进攻的情况下，就能随心所欲地在玩电子游戏时将美国所有的导弹都发射出去。在社会福利上，美国规定没有积蓄的穷人可以靠社会保险金和微薄的医院退休金过日子，但有一个条件，就是他必须要一直工作。这样一来，没有积蓄的穷人退休后，便不在美国福利的范畴之内了。在小说的最后，总统玩电子游戏机时按动电钮引发了毁灭人类的核大战，如同鬼魅一样的"第二十二条军规"就此使人类走向了灭亡。虽是如此，"第二十二条军规"并没有就此消失不见，它同那些享有特权的人们一起进入了"地狱"，新的一轮荒谬的悖论又将开始了，这预示着人类将无处可逃。

第五节 美国弊病的批判者
——埃德加·劳伦斯·多克托罗

一、埃德加·劳伦斯·多克托罗的生平与创作概况

埃德加·劳伦斯·多克托罗(Edgar Lawrence Doctocow, 1931—)出生于纽约市，父母都是来自俄罗斯的犹太移民，有着丰富的文化艺术知识。1948 年进入肯尼思学院，主修哲学，并对戏剧活动产生了浓厚兴趣。1952 年转入哥伦比亚大学研习英国戏剧。1953 年入伍当兵，退伍后想专事创作，后因经济困难只好先去工作，打过杂工，当过电影电视公司的编辑。

1960 年，多克托罗发表了自己的第一部小说《欢迎到哈德泰姆斯镇来》，引起了美国文坛的注意。1963 年，多克托罗任戴尔出版公司总编辑，后升任副总裁。1968 年到萨拉·劳伦斯学院任教，边讲课边写作。1966 年，他的第二部小说《打入生活》问世，1971 年，他又创作了《但以理书》，之后，《拉格泰姆时代》

《鱼鹰湖》《比利·巴思格特》等作品相继问世，为他赢得了巨大的声誉。

二、埃德加·劳伦斯·多克托罗的小说分析

多克托罗的创作颇丰，他的后现代主义小说创作总是标新立异，令人吃惊。在这里我们主要对《拉格泰姆时代》和《比利·巴思格特》进行分析。

《拉格泰姆时代》描写了20世纪初期，特别是第一次世界大战前的美国社会。小说虚构了三个家庭，第一个家庭是中上阶级家庭，其成员名字为“父亲”“母亲”和“小男孩”。第二个家庭是贫民家庭，其成员名字为“爸爸”“妈妈”“小姑娘”。第三个家庭为黑人移民家庭，成员分别为“萨拉”“沃克”和“黑人婴儿”。通过对这三个家庭不同的生活环境的描写，多克托罗揭示了美国社会的现状。在第一个家庭中，“父亲”是一位业余探险家，他有足够的能力和资金去从事这一事业，他参加了皮尔里队长的北极远征。“母亲”是位知识分子。这一家的中心是那个敏感的“小男孩”，他“对脱身术大师哈里·胡迪尼的事业发生了极大的兴趣”。碰巧在一个炎热的星期天下午，历史人物胡迪尼因半路车坏而闯进了这家人在新罗歇尔市舒适但幽闭的生活，“被邀到父亲家里小坐，待水箱冷却后再赶路”。在第二个家庭中，“爸爸”是个街头艺人和社会主义者，“妈妈”因家庭贫困为了支付两个星期的房租而卖身之后，被“爸爸”赶出了家门，“小姑娘”是一个犹太移民家庭的女儿。在一次政治集会上，无政府主义者埃玛·戈德曼把对“小姑娘”感兴趣的妓女伊芙琳从警察手中救出。之后，她不仅给了伊芙琳激进的思想教育而且为她做了文学中才有的最色情的按摩。在第三个家庭中，萨拉生下了黑人婴儿，但无力养活他，于是便准备将其活埋，正好被“母亲”发现。“母亲”坚持将这母子二人都收留在家里。黑人婴儿的父亲——拉格泰姆音乐家科尔豪斯·沃克前来寻找自己的爱人和儿子，并决定向萨拉求婚，这令

“母亲”很高兴。沃克有一辆崭新的福特T型汽车，在看望萨拉之后的归途中，这辆车被绿宝石岛的消防员砸坏，科尔豪斯寻求法律补偿失败。萨拉则因幼稚地向副总统詹姆斯·谢尔曼求助而被毒打致死。悲痛至极的科尔豪斯为了报复，炸毁了绿宝石岛消防站，并杀了几名消防员，他还成立了一个黑人青年战斗小组。后来，这个战斗小组在布克·华盛顿的干预下瓦解了，科尔豪斯最终被杀死。萨拉和科尔豪斯死后，“母亲”收养了他们的孩子，但她和“父亲”的婚姻已变得只是个形式。不久，“父亲”乘“鲁西塔尼亚”号英国客轮航行，由于客轮被一艘德国潜水艇鱼雷击中而丧生。彼此相互吸引的“母亲”和“爸爸”结了婚，并将全家迁往加利福尼亚。

在这部小说中，多克托罗所虚构的三家人中，不但有犹太移民和黑人，而且有生活安逸的白人。他们构成了社会的不同层次，与真实的人物来来往往，仿佛生活在同一个社会群体里。这种亦真亦幻的艺术手法成了后现代主义小说的一大特色。在这亦真亦幻中，多克托罗对美国社会中存在的各种弊端进行了讽刺，并对美国社会中贫富两极分化明显、劳资矛盾尖锐、种族歧视事件等问题进行了深入的思考。

《比利·巴思格特》通过一个天真的少年的视角，揭示了20世纪30年代美国大萧条时期黑社会头目与官场的勾结和冲突，以及黑社会内部的相互残杀与对老百姓的掠夺。小说一开始就将读者带入了阴森恐怖的气氛中，苏尔兹的同伙用小船载着被手铐扣紧的波·威恩伯格出海，准备趁漆黑的夜色将他抛入大海淹死。天真的比利站在甲板上，并不知道将要发生什么事。比利出生在美国大萧条时期的纽约市布隆克斯区，家境贫寒，他的母亲是个洗衣店的杂工，父亲丢下他们母子俩离家出走，不知去向。比利从小就聪明能干，但是由于经济困难，他上了几年学之后就不上了。比利15岁的时候，因为在离苏尔兹黑帮啤酒贮藏地不远的地方给孩子们进行杂耍表演而引起了苏尔兹黑帮的注意。在金钱的诱惑下，比利加入了他们，并很快因为表现出色而受到了苏尔兹的赏识，迅速便成为这个黑帮中的核心成员。他的第一次任务是独自去哈姆区一家糖果店收钱，是由苏尔兹财务总管伯曼所派遣的。比利顺利完成了这次任务。不久苏尔兹黑帮因为不法行为被告上了法院，为了对付法院对苏尔兹诈骗罪的起诉，黑帮总部暂时搬到了纽约州的奥农达加镇。而苏尔兹为了改变自己的形象，开始广交朋友，施舍穷人。比利则一边上周日学校补习，一边参加了这些披着合法外衣的慈善活动。就在接受审判的前几天，苏尔兹买通了一些人，举办了皈依天主教的隆重仪式，实际上他根本就不信天主教。比利对苏尔兹的职业做法十分吃惊。仪式后不久，苏尔兹就在宾馆内杀死了一个与他一起参与诈骗的人，比利被叫去清理现场。在苏尔兹受审期间，比利奉命陪苏尔兹的情妇杜小姐去沙拉托加旅游。杜小姐原本是波·威恩伯格的女朋友，但是，苏尔兹为了能够得到她，将波·威恩伯格杀死了。在陪伴杜小姐的过程中，比利渐渐喜欢上了她，而杜小姐也对比利心生好感。比利深知一旦他们俩的恋情暴露，两个人将必死无疑。于是，比利用计让杜小姐离开了他们。审判如期完成，但是苏尔兹却被判无罪，他又将总部迁回了纽约，比利又与他们会合了。虽然苏尔兹被判无罪，但是纽约市总检察官托马斯决定再次起诉他，罪名是逃税。苏尔兹想要杀掉托马斯，他派比利去观察托马斯上下班的规律。然而暗杀计划还没有实行，苏尔兹一伙就遭到了枪击，苏尔兹身受重伤，比利跳窗逃脱，其他人被一网打尽。之后，苏尔兹被送进了医院，比利偷偷潜入病房看他，从模糊不清的言语中了解到了藏钱的地点，接着就逃回了他母亲的住处。侦探要求神父去问比利相关的情况。面对神父的询问，比利假装什么都不知道。后来，比利找到了苏尔兹藏钱的地点，意外地得到一大笔遗产，此后他顺利地从事商业活动，大发其财。苏尔兹死后的某一天，有人把他和杜小姐偷情留下的男孩送到了他母亲的住处。他和母亲非常高兴，经常推着婴儿车沿着巴思格特大道漫步，路旁行人和小贩的羡慕目光使他们想起以前的幸福日子。

这部小说故事情节曲折生动，在描写的时候采用了电影镜头的手法，具有很强的画面感，另外，小说也对美国黑帮的情况进行了揭露，揭示出了某些人的伪善。

第六章　美国“迷惘的一代”和“垮掉的一代”小说的发展与创作

第一次世界大战带来的社会环境的变化，让美国青年感到了迷茫，从而产生了“迷惘的一代”，第二次世界大战之后，政治形式的变化让美国青年的精神世界无所放置，于是产生了“垮掉的一代”。无论是“迷惘的一代”还是“垮掉的一代”，都是美国社会特定时期的产物，他们中的一些人通过小说的形式揭示了各自所在时期的时代特征，从而成为美国特定时期的文化与精神的记录者，成为美国小说史中不可忽视的一股力量。

第一节　美国“迷惘的一代”和“垮掉的一代”小说的发展与创作概况

第一次世界大战结束不久，一批美国文学青年纷纷来到巴黎，这些人怀着对大战后人类社会的迷惘和怀疑的态度企图在欧洲文化中心——巴黎寻找思想的出路，他们出入于当地的文艺沙龙和大街小巷，精神上的空虚和对理想追求的失望在他们的小说中随处可见。他们笔下的主人公都具有诅咒战争、企盼未来的特征。正因为如此，已定居巴黎多年的美国老一辈女作家格特鲁德·斯泰因称这些青年为“迷惘的一代”。从此，“迷惘的一代”就被视为受欧洲现代主义文学思潮影响的、曾旅居于法国巴黎的这批美国青年作家的代名词，也被文学史家认定为20世纪前半期美国文学一个重要流派的名称。

“迷惘的一代”并没有明确的组织和纲领，也不是一个实体，它只是一群对战争厌恶、恐惧，但又找不到思想出路，迷失了方向的青年的代名词。在“迷惘的一代”中，影响比较大的是欧尼斯特·海明威（Ernest Hemingway，1899—1961）和弗朗西斯·司各特·菲兹杰拉德（F. Scott Fitzgerald，1896—1940）。

“垮掉的一代”是第二次世界大战之后出现于美国的一群松散结合在一起的年轻诗人和作家的集合体。这一名称最早是由作家杰克·凯鲁亚克（Jack Kerouac，1922—1969）于 1948 年前后提出的。“垮掉的一代”寻求自发的艺术创作，反对扼杀人们心灵的力量，他们常通过吸毒、性放纵或对佛学禅宗的感觉模仿来显示与正统社会相决裂的姿态，希望达到个性解放、净化和启迪的目的。在诗歌、小说等文学创作领域，“垮掉的一代”都出现了具有代表性的作家和作品。在小说创作领域，影响最大的是杰克·凯鲁亚克的《在路上》。

第二节　精神荒原的探索者——欧尼斯特·海明威和弗朗西斯·司各特·菲兹杰拉德

一、欧尼斯特·海明威

（一）欧尼斯特·海明威的生平与创作概况

欧尼斯特·海明威（Ernest Hemingway，1899—1961）出生于美国北部伊利诺伊州芝加哥郊区橡树镇一个富裕家庭。他的父亲克拉伦斯是一名医生，母亲格雷斯出身于上流社会，受过专门的音乐教育，爱好文艺，对海明威影响颇深。从中学开始，海明威就尝试着进行诗歌和小说的创作。中学毕业以后，海明威拒绝了父亲要他上大学学习医学的要求，希望自己能够参军入伍，但是由于视力检查不合格，他没能够实现自己的这个目标。1917 年海明威离开家后在堪萨斯城的《堪萨斯市星报》当见习记者，在那里他写了不少报道，语言能力大大进步。1918 年，他终于获准参军，加入美国红十字会战地服务队，被授予中尉军衔。同年，海明威随汽车队到达意大利和奥地利作战区，在一次分发慰问品时中弹负伤。在野战医院里，医生从他身上取出 28 块弹片，后被转到米兰的美国红十字会医院继续治疗，前后为他做了 12 次手术，从他身上总共取出 227 块炮弹片和枪弹头。停战后，意大利政府授予海明威十字军功勋章、银质奖章和勇敢奖章。

1920 至 1924 年，海明威来到加拿大多伦多任《星报》记者，并在不久后与哈德莱结婚。婚后，海明威就拿着安德森的介绍信作为加拿大多伦多《星报》驻外记者长驻法国巴黎。在担任驻外记者期间，他采访了一些国际会议，报道过希腊和土耳其的战争，同时坚持进行文学创作。在巴黎，海明威加入了在当地很有影响的美国作家圈，并和斯坦因、庞德、菲兹杰拉德、福德等人结交，这些人的文学观点对他产生了深远的影响。1923 年，海明威的首部作品《三个短篇小说和十首诗》问世。1924 年，他在巴黎出版了短篇小说集《在我们的时代》，这部小说中的主人公主要是尼克·亚当斯，在他的身上体现出了迷惘和失落的色彩，因此，海明威引起了评论界的关注。

1926 年，海明威发表第一部长篇小说《太阳照常升起》，获得了极大的成功。1929 年，海明威推出了第二部优秀长篇小说《永别了，武器》。1936 年，西班牙爆发内战，也成为第二次世界大战的序幕。海明威以记者的身份参加西班牙反法西斯战争。在四年内战期间，他不畏艰险四次访问了西班牙，甚至亲临前线各地，及时向美国读者报道战况。他还与荷兰著名导演伊文思合拍了纪录片《西班牙大地》，对这次战争情况进行了记录。1937 年，海明威在全美国作家代表大会上发表演说，呼吁支援西班牙人民的反法西斯斗争。西班牙的战火给海明威带来了很多灵感和创作素材，在此期间，他创作了长篇小说《丧钟为谁而鸣》，剧本《第五纵队》，短篇小说《蝴蝶与坦克》《桥头的老人》等。1940 年，海明威与妻子离婚。两周后，他与在西班牙战场上共患难的女记者玛莎结婚，移居古巴哈瓦那。

1941 年春，海明威以纽约《午报》记者的身份和新婚妻子玛莎赴亚洲采访，并来到中国报道抗日战争，曾秘密会见了中共驻重庆代表周恩来。后来，纽约的《午报》将海明威谈中国之行和他的七篇有关报道陆续发表。不久，海明威又以记者身份飞往伦敦，采访了英国空军以及盟军诺曼底登陆的战况。第二次世界大战美国宣战后，他志愿协助美国海军搜寻加勒比海上的德国潜艇。第二次世界大战期间，他又加入解放巴黎的先遣队并荣立战功。美国政府特授予他铜质奖章。

1945 年，海明威与玛莎离婚，第二年和在伦敦结识的记者玛丽结婚，后定居古巴哈瓦那。1949 年海明威在意大利打猎时，猎枪的送弹塞突然飞出，把他的眼睛击伤，使他患上败血症。1952 年发表的中篇小说《老人与海》，使他获得了诺贝尔文学奖。1954 年，海明威同妻子飞去非洲狩猎，途中飞机失事，当时海明威掉在河里，幸被航船救起。由于深受疾病的困扰，海明威变得精神忧郁，1961 年，他用猎枪结束了自己的生命。

（二）欧尼斯特·海明威的小说分析

作为“迷惘的一代”，海明威的小说突出地体现出了“迷惘的一代”的精神特征。他的很多小说的题材都与战争有关。在他看来，以流血、残酷和背信弃义为特点的现代战争，是现代生活空虚状态的最高体现。他笔下的主人公具有一种英雄主义的气概，性格坚强，能在失败中保持尊严，在压力下不失风度，体现出一种“硬汉”性格，同时也具有悲剧色彩。

在艺术表现形式上，海明威倡导“冰山原则”，他说：“冰山在海里移动是很庄严宏伟，这是因为它只有八分之一露在水面上”，他的创作厚积薄发，让读者通过表面的形象感到深厚的思想感情。海明威喜欢使用短句、日常用语，行文简洁，含而不露，尤其是人物对话简洁有力，富有潜台词。他还擅长运用象征的寓意手法，营造特殊的环境氛围，这些都使海明威的小说具有一种鲜明、凝练、深沉、含蓄的艺术风格。

在海明威的众多作品中，《太阳照常升起》《永别了，武器》《丧钟为谁而鸣》以及《老人与海》是最能体现他创作特点的作品。

《太阳照常升起》的主人公杰克·巴恩斯是“迷惘的一代”的代表人物。他在战争中负伤，失去性爱能力，孑然一身，侨居他乡，内心痛苦，常常夜不成眠。他默默地忍受着这一切，以一种“绝望中的勇气”，尽量像正常人一样生活，并努力想在他的朋友之中建立起正常的生活秩序。女主人公布莱特·艾施利是英国人，她在战争中当过护士，其未婚夫死于战争。战后不久，她与杰克相遇，彼此相爱，但是杰克所受的伤使他不能和布莱特结婚。最后他只能和布莱特一起到比利牛斯山区旅行，企图用钓鱼、狩猎来消磨时光。最后，他从西班牙斗牛场年轻的斗牛士身上发现了人的尊严和勇敢精神。他认识到，人要依靠自己存活下去，要自我奋发，不可指望来自上帝或人的帮助。生活是无情和无望的，但人不可气馁和妥协，要伸张自我，胜败无妨，重要的是精神和尊严。

这部小说真切地反映了时代的精神危机。美国著名文学批评家埃德蒙·威尔逊曾说：“在海明威一代人的作品中，《太阳照常升起》是最好的一部小说。”在小说中，我们可真切地体验到第一次世界大战中年轻人的心理状态。他们曾相信，第一次世界大战将是“结束战争”的战争、“拯救世界民主”的战争，他们怀着“崇高”的理想和热情上了前线。但是战争的残酷现实使他们的理想化为泡影，使他们对传统的道德标准和价值观念产生怀疑。他们迷惘、惆怅，逃避现实，沉湎于饮酒、谈情、垂钓和观看拳击、斗牛之中，以此掩盖内心的苦闷和空虚，但终究不能医治战争给他们造成的心理创伤。虽是如此，他们并没有低头，正如书中的主人公杰克一样，在逆境中依然拼搏，并不曾退让，这正是海明威所要表达的。

《永别了，武器》的素材取自于海明威在意大利战场上的亲身经历。小说的主人公弗德里克·亨利原是在意大利学习建筑的美国大学生，战争爆发后，凭着一时的狂热当了美国志愿军，被授予中尉军衔，负责一个救护车队。后来，车队被敌人的炮弹击中，亨利负了重伤，转移到米兰的红十字医院治疗，在那里结识了英国护士凯瑟琳·勃克莱，两人开始交往。在相识初期，亨利对凯瑟琳不过是逢场作戏，但在凯瑟琳的细心照料下却真正爱上了她。等亨利康复要返回前线时，凯瑟琳告诉他自己已怀孕。亨利归队后看到同伴因厌战情绪低落。在意军败退卡波瑞托途中，亨利因有外国口音而被保安部队误作德国间谍并被判处死刑。于是，亨利跳河逃跑。他历尽艰险，走过威尼西亚平原，偷渡上了火车，终于潜逃到了米兰，但是没有找到凯瑟琳，接着他又追踪到施特累沙，终于找到了凯瑟琳，并和她一起逃往瑞士。他以为自己可以从此和凯瑟琳过着和平幸福的生活，不料好景不长，凯瑟琳因难产在分娩时母子双亡。亨利伤心至极，孑然一身漂泊异乡。

《永别了，武器》中充满了反战情绪，体现出了对战争的厌恶，小说中曾写道：

> 我一听到神圣、光荣、牺牲这些空泛的字眼就觉得害臊。……我可是没有见到什么神圣的东西，光荣的东西也没有什么光荣的。至于牺牲，那就像芝加哥的屠宰场，不同的只是把肉埋掉而不做加工处理罢了。

在这段主人公的内心独白中，我们可以感受到第一次世界大战的荒唐和所谓“光荣”“牺牲”“荣誉”的无聊，以及年轻一代受到欺骗后的愤懑、怨恨、沮丧和绝望。

受这种情绪的影响，海明威描写的很多景色都带有荒凉的色彩，例如：

> 秋天来了，一下雨，栗子树上的叶子纷纷落了下来，只留下光秃秃的树枝和被雨淋得发黑的树干。葡萄园里也只是空枝残叶。举目望去，秋色沉沉，河上罩雾，山

> 腰盘云，到处都是湿漉漉的，潮得成黑褐色的东西。卡车在路上开过，泥浆四溅，士兵们浑身泥泞，披肩也淋得湿透。……

无论是军官还是士兵，都对这场战争心生厌恶：

> "和平万岁！"一个士兵大声叫道，"我们要回家去。"
>
> ……
>
> "你是属哪个部队的？"一个军官嚷着问。
>
> "和平部队"，有人叫喊出来，"我们是和平部队啊！"军官一声不吭。
>
> "他说什么？那军官在说什么？"
>
> "打倒军官！和平万岁！"

小说的主人公亨利逃避战争，是纯粹的个人主义，是求生本能的需要。他原本以为爱情可以拯救自己，但是，凯瑟琳一死，他的精神世界就彻底崩溃了。这正是个人主义人生哲学的悲剧，也是海明威世界观的悲剧和"迷惘的一代"的悲剧。

从艺术技巧方面来看，《永别了，武器》结构紧凑，语言精练，对话简洁，细节生动，另外，人物的思想活动与动作刻画紧密结合，并与环境融为一体，体现出了情景交融的特点。

《丧钟为谁而鸣》是海明威以西班牙内战为素材而作的。小说的主人公，罗伯特·乔登是一位美国大学的青年讲师，他自愿来到西班牙参加反法西斯战争。有一次，乔登奉命和游击队一起深入敌占区去炸毁一座桥，但游击队队长巴勃鲁胆小怕事，为保存自己的地盘，对这次行动百般破坏，队长的妻子毕拉尔勇敢坚强，对乔登炸桥的行为给予坚决的支持。游击队里还收容了一个遭受过法西斯军人污辱的西班牙姑娘玛丽亚。乔登和玛利亚两人逐渐相爱，并希望能结婚后到美国去。在这次行动里中，老猎手安斯勒摩在炸桥中牺牲。游击队在撤退时，遇上了敌人，乔登不幸身受重伤。但是他仍然坚持狙击敌人，一个人在山顶抗敌，掩护游击队队员安全转移，在生命垂危之际仍然想着再多消灭一个敌人。最后，他为西班牙人民自由与民主的正义事业献出年轻的生命。

《丧钟为谁而鸣》结构紧凑，紧紧围绕炸桥这个中心展开情节，揭示了各种矛盾与冲突，如巴勃鲁与乔登之间应该不应该炸桥的争论，毕拉尔对丈夫怯懦哲学的斥责和对乔登勇敢行为的支持，乔登与玛丽亚之间闪光式的爱情，乔登侦察到敌情变化后向国际纵队司令部的报告和国际纵队领导人指挥上的混乱等。小说的主人公乔登不再是个人主义者，他有了愿为之献身而毫无怨言的爱情和事业，他的生活中有了爱情和集体，但是在他的身上，仍旧有不可挽回的失败感。

《老人与海》是一部充满哲理性内涵的小说。它描写了渔夫桑提亚哥出海捕鱼的非凡经历。桑提亚哥有一次出海捕鱼，连续84天空网，到第85天时，他捕到一条比他的船还要大的马林鱼。他费尽心力，历经两昼夜奋战，终于把鱼钓上手。但在返回途中，却遭到鲨鱼的袭击，他虽然尽力拼搏，但仍难敌鲨鱼。待返回渔港时，那条拖在船旁的大鱼已被鲨鱼吃得只剩下一副骨架。老人精疲力竭，躺下就睡着了，但他在梦中仍不忘雄狮。这部小说反映了“人可以被毁灭，但是不能被打败”的主题。小说中的桑提亚哥是海明威笔下最典型的硬汉形象，在屡遭失败后，他仍独驾孤舟，全力拼搏，在精神上始终是胜利的强者。作者塑造的这一非凡形象，是对人类坚不可摧的精神力量唱出的一首热情的赞歌。从更深层面上说，《老人与海》是作者执意刻画的一系列硬汉性格的再次升华。超越时空的主体情境，赋予桑提亚哥老人一种超越客体时空范畴的人格力量，使其至今仍具有鼓舞人心的独特魅力。

二、弗朗西斯·司各特·菲兹杰拉德

（一）弗朗西斯·司各特·菲兹杰拉德

弗朗西斯·司各特·菲兹杰拉德（F. Scott Fitzgerald，1896—1940）

生于明尼苏达州圣保罗镇。他的父亲是南方贵族，曾经经商，但是不太顺利。菲兹杰拉德的家庭经济来源主要是他母亲从外祖父处继承的遗产。1913 年秋，菲兹杰拉德进入普林斯顿大学，但因身体不好，成绩欠佳，没有顺利毕业。1917 年，美国加入了第一次世界大战，菲兹杰拉德应征入伍，并被派往亚拉巴马州军营进行训练。1919 年退伍后他到纽约想赚大钱，但未能如愿，于是打算靠写作来赚取丰厚的收入，但是他的投稿遭到了出版社的拒绝，收入微薄。未婚妻珊尔达·赛瑞同他解除了婚约。失望的菲兹杰拉德返回家乡修改在离开普林斯顿大学前已构思好的小说《浪漫的利己主义者》，1920 年，这部小说以《人间天堂》为名出版，轰动一时，随之得到了丰厚的稿酬。为此，珊尔达与他复合并结了婚。但是，菲兹杰拉德对之前解除婚约的事情耿耿于怀，这造成了他对有钱人又爱又恨的矛盾心理，并对他的小说创作产生了重大的影响。婚后，菲兹杰拉德夫妻二人过着豪奢的生活，这种豪奢常让菲兹杰拉德经济上处于入不敷出的境地。无奈之下，菲兹杰拉德只能赶写许多短篇小说以赚取生活所需。1925 年，菲兹杰拉德出版了他最有成就的作品——长篇小说《了不起的盖茨比》。1926 年，他的短篇小说集《一代悲哀的年轻人》出版。后来，菲兹杰拉德返美，曾想创作一部好莱坞喜剧，但事不如意，最后在 1928 年去了欧洲。灵感在枯竭，才华在流逝，将会变得默默无闻的预感开始袭击菲兹杰拉德的沉重的心。1934 年，他勉强出版了《夜色温柔》。与此同时，他的妻子患了精神分裂症，并经常发作，这严重分散了菲兹杰拉德的精力，同时也给他带来了巨大的经济压力和精神压力，导致菲茨杰拉德常借酒浇愁，最终患上了肺病。在身心都遭受折磨的情况下，菲兹杰拉德曾两次自杀未遂。1940 年，菲兹杰拉德因心脏病发作与世长辞。

（二）弗朗西斯·司各特·菲兹杰拉德的小说分析

菲兹杰拉德小说通常讲述的是漂亮而冷酷的阔小姐看上了年轻但钱不多的男子，最终都抛弃了他们的故事。小说中的阔小姐的原型往往是他的妻子以及他曾经追求过的富家小姐，而那些没有钱的小伙子的原型往往就是他自己。在菲兹杰拉德的众多小说中，比较具有代表性的是《人间天堂》和《了不起的盖茨比》。

《人间天堂》可以说是菲兹杰拉德人生经历的写照。小说的主人公阿莫瑞·布莱恩从小生活优裕，并接受贵族教育。11岁的时候，他就学会了抽烟、酗酒，并随母亲周游欧洲。受生活环境的影响，阿莫瑞很早就懂得如果要出人头地，就一定要设法爬上社会顶层。上大学之后，阿莫瑞少年老成，很快就通晓、掌握大学校园的潜规则，精于社交。通过模仿大人物的言谈举止和各种钻营手段，阿莫瑞不久竟可以自由地出入权贵聚集的俱乐部。在此期间，他结识了费城一个漂亮的寡妇克拉拉，并向她求婚，遭到了拒绝。由于社交频繁，阿莫瑞花在学习上面的时间很少，这导致他很多功课不及格，并留了级。第一次世界大战爆发后，阿莫瑞应征入伍。在他当兵的这段日子中，母亲病故，朋友四散。第一次世界大战结束后，阿莫瑞爱上了朋友的妹妹罗萨琳，两人谈了一场轰轰烈烈的恋爱。但是由于阿莫瑞经济拮据，二人最终没有走到一起。失恋之后，阿莫瑞去了住在马里兰州的叔叔那里，并又爱上了一位叫作艾利诺的姑娘，艾利诺是一个神经质的唯我主义者。阿莫瑞和艾利诺过了一个星期又苦又甜的生活，之后，各奔东西。

返回纽约后，阿莫瑞投资破产，不得不回到普林斯顿大学校园里。爱情的不顺利，工作的不顺心，使阿莫瑞看透了资本主义社会，成为向往社会主义的小资产阶级激进分子。后来，他继承了一大笔遗产，他的生活愿望才得以实现，成了“生活得比较富裕的人”。小说反映了青年一代纵情欢乐的气氛以及对“美国梦”、金钱和地位狂放的追求和失败后精神的崩溃。作品生动而真实地揭示了时代的特征，主人公阿莫瑞的生活具有一定的典型性，因此引起了广大美国青年的共鸣，从而让这部小说受到了众多读者的喜爱。

《了不起的盖茨比》以完美的艺术形式展现了美国梦幻灭的

主题，艾略特在该小说发表不久曾高度评价它是“自亨利·詹姆斯以后，美国小说迈出的第一步”。[①] 小说以青年商人尼克·卡拉威的第一人称视角，讲述了主人公盖茨比的故事。尼克从中西部到纽约搞股票投机，长期寄居长岛，他的邻居，也就是小说的主人公盖茨比是个神秘的人物，据说此人气派非凡，挥金如土，也有人说他是德国威廉皇帝的侄儿。其住所是一座豪华的宫殿般的建筑，天天大摆宴席，宾客盈门。因此，人们对盖茨比窃窃私语，怀疑他是靠投机买卖和非法交易成为暴发户。一天，尼克也受到了盖茨比的邀请参加酒宴。在这个酒宴上，尼克见到了传说中的盖茨比。盖茨比向他讲述了自己的故事。原来，盖茨比是一个很穷的底层人物，并爱上了尼克的表妹黛西，黛西无法接受贫穷的盖茨比而嫁给了富有的汤姆。之后，盖茨比应征入伍当兵，退伍后靠投机买卖和非法交易成为暴发户，成为一名成功人士。发财后，盖茨比依然爱着黛西，把她视作一种与美国梦紧密相连的象征符号，想和她重温旧梦。而如今，盖茨比天天大摆酒宴，就是为了黛西。他请求尼克安排他与黛西见面，尼克答应了。在尼克的帮助下，盖茨比终于见到了黛西，这次见面使盖茨比身上散发出“一种新的幸福感”，同时，盖茨比也发现黛西与她的丈夫汤姆之间的关系并不好。因为汤姆与一个叫作默特尔的女人勾搭，一气之下，盖茨比当场与汤姆大闹起来，并要求黛西离开汤姆。黛西犹豫动摇不作声，她爱盖茨比，但更爱汤姆的百万家财。最后大家不欢而散。不久，汤姆背地里调查了盖茨比的发家史，揭露盖茨比是通过干非法勾当发的财。为了保住自己的社会地位与舒适的生活方式，黛西不想继续同盖茨比有任何关系。然而，黛西毕竟无法容忍汤姆的外遇，情绪波动，精神沮丧，在开车的途中将汤姆的情妇默特尔压死了。默特尔的丈夫威尔逊找到了汤姆要为妻子复仇，但是汤姆却说是盖茨比开的车，于是，威尔逊就把盖

---

① 弗雷德里克·霍夫曼.《了不起的盖茨比》研究.纽约：斯克瑞布纳出版社，1962:179

茨比打死了。黛西和汤姆却一起逃之夭夭。尼克为盖茨比办丧事时冷冷清清，那些昔日与盖茨比看起来关系很好的人并没有到场。这让尼克愤愤不平地谴责他们这种有钱人的不负责任：“他们砸烂了东西，撞死了人，然后回去享用他们的钱……叫别人去收拾残局。”他认为，尽管盖茨比不切实际，但在精神上要比黛西和汤姆高尚。尼克看穿了有钱人的无情无义，无意留在东海岸，最后回到了中西部。

《了不起的盖茨比》简明地反映出 20 世纪 20 年代美国的精神面貌。小说采用了欲抑先扬的手法，以大段的铺排和浓彩重墨的描写来造成一种强烈的气氛，并运用“双重视野”的视角成功地塑造了盖茨比的形象。盖茨比的性格带有浓厚的浪漫色彩，他相信人可以恢复过去的美好岁月，重享青春和爱情的幸福时刻，因此，他一心希望能够重新获得黛西的心。在他的眼中，黛西就是他的生活憧憬。但最终，盖茨比成了自私的黛西的牺牲品。小说字里行间交织着讽刺与浪漫的色彩，语言简洁优美，笔意轻捷而富有变化，语似浅而味浓，并且充满了象征意味。例如，采用颜色和“灰谷”来象征人物的心态和环境的气氛，用码头上的绿灯来象征美国梦等。

总之，菲兹杰拉德熟练地描述了这个被称为“爵士乐”和“金元”的时代，作品的焦点主要放在生活于第一次世界大战后繁荣时期的青年一代，反映他们对传统清教主义思想的反叛以及对浪漫生活的追逐，文字流畅，语感敏锐，是美国文化史上的重要人物。

第三节　在路上的流浪者——杰克·凯鲁亚克

一、杰克·凯鲁亚克的生平与创作概况

杰克·凯鲁亚克(Jack Kcrouac，1922—1969)出生在美国马

萨诸塞州洛厄尔市一个刚从加拿大迁居美国不久的法语家庭中。凯鲁亚克的父亲是一名信奉天主教的工人，后来开了一家印刷厂。凯鲁亚克小的时候十分喜欢足球，希望自己能够成为一个足球明星，但是在一次足球比赛上，凯鲁亚克的腿受了伤，这让他不得不离开足球赛场。在断送了人生第一个理想之后，凯鲁亚克希望自己能够成为一名作家。他从小生活在社会底层，经历过各种事态变故，同时还具有反叛性格，因此，他将杰克·伦敦视为了楷模，希望自己可以描绘出社会中形形色色的人物和事件。1940年，凯鲁亚克升入哥伦比亚大学。由于不想接受正规教育，凯鲁亚克几次想离校去工作，后来未毕业就应征入伍，在第二次世界大战期间，他曾在美国商船队服役，后转入海军，因患“精神分裂症”，凯鲁亚克被退职复员，在这之后，他曾在商船上当过水手，还曾做过铁路工人、看林人等，并漫游了美国各地，去过墨西哥。期间他曾因牵涉一宗杀人案而被捕。

1942年10月，凯鲁亚克返回哥伦比亚大学，开始文学创作，1950年，发表了第一部长篇小说《镇与城》，模仿托马斯·沃尔夫的风格，结构松散，结果出版后反应平平，令他非常生气。1951年4月，凯鲁亚克直接观察了20世纪50年代美国的“地下世界”，可他既找不到合适的散文，又找不到妥当的形式来表达他的思想，后来干脆将一卷120英尺长的白纸放入打字机，连打了三个星期，这就是1957年出版的《在路上》。1952年至1953年，凯鲁亚克又出版了《玛吉·卡萨迪》和《地下人》。此后，又有《特丽斯特莎》《达摩的流浪汉》《孤独的天使》等作品问世。1969年10月21日，凯鲁亚克因酗酒造成失血过多死于佛罗里达州的彼得斯堡医院中。

二、杰克·凯鲁亚克的小说分析

凯鲁亚克的风格有“自发文笔”之称。他不拘泥于常规，不屑于模仿他人。他声称这种写法是在1951年发现的。所谓“自发”

就是没有时间进行思考和修改。《在路上》是他这种文体的最佳体现。《在路上》不仅是凯鲁亚克的代表作，而且和金斯堡的长诗《嚎叫》被公认为“垮掉的一代”的代表作，在欧美文艺界具有相当的影响。

《在路上》共有五章，前四章按顺序写萨尔·帕拉迪斯和狄恩·莫里亚蒂在一起的四次远游，第五章为全书的收尾和总结。在第一章中，萨尔还是一个未经世事的青年学子，爱好写作却苦无题材，又缺乏对生活的感受。一个偶然的机会他遇上了素有反叛意识、大名鼎鼎的西部青年狄恩和他的妻子玛丽露，他们两人一见如故，倾心畅谈，十分契合。很快，萨尔就成为狄恩的狂热崇拜者，并且愿意和他一起去冒险。不久，狄恩与妻子玛丽露闹翻，只身回西部去了。萨尔决心沿着他的道路追踪而去，去了解这个“真正的西部男子汉”。在这一路上，萨尔遇到了很多困难，但是都被他克服了，当他终于来到狄恩的故乡丹佛时，他发现“周围存在着某些阴谋，而阴谋的双方竟是他们圈子中的两派，而他正被这场‘有趣的战争’推到中界线上”。在丹佛，他看清了狄恩的真面目，原来他曾经是个窃贼，并且还周旋于两个女人——妻子玛丽露和女性好友凯米尔之间。这让萨尔的理想破灭了，他决定继续西去的旅程，到圣弗朗西斯科去找他另外的一些朋友。

在第二章中，萨尔与他的姨妈一起到弗吉尼亚他哥哥家中做客，这时，狄恩与他的妻子，还有一位叫埃迪·邓克尔的朋友开了一辆49型的哈得逊汽车突然从圣佛朗西斯科赶来。萨尔对他们冒着大风雪、翻山越岭、不吃不睡的赶路精神惊讶不已。后来，萨尔不顾姨妈的劝阻，和狄恩一行人一起踏上了去西部沿海的征程。这次旅行从一开始就笼罩着一种神秘的气氛。狄恩一路上精神抖擞地开着飞车，自认为把混乱与烦恼丢在了身后，离开了那个“冰冷的充斥了垃圾的城市”。他们去了老朋友布尔·李的住处，布尔有着丰富的人生阅历，是狄恩等人的偶像。他们的相会曾带来短暂的快乐，但不久吸毒成瘾的布尔就对这一群不速之客开始厌烦。于是，在一个残阳如血、萧瑟沉重的黄昏，狄恩、萨尔与玛丽露他们不得不重新上路，继续他们西去的旅程。

在第三章中，萨尔经过跋涉再次来到了丹佛，他发现原来的朋友几乎都离去了。萨尔心中一片惆怅，“在黄昏的血色中踽踽而行，感到自己不过是这个忧郁的黄昏大地上一粒微不足道的尘埃”。后来，在一位好心姑娘的资助下，萨尔来到圣弗朗西斯科，找到了狄恩。此时狄恩正处于穷困潦倒之中。萨尔建议狄恩去意大利闯一闯。狄恩听了，欣然跃起，两个衣冠不整的“英雄”在西部沉沉的黑夜中踉踉跄跄地奔向汽车站。到了纽约之后，狄恩马上又爱上了一个叫伊尼兹的姑娘。意大利之行泡汤了。

在第四章中，萨尔因为“实在无法忍受从新泽西吹来的大陆性干燥的冷空气”而离开纽约。他先到了丹佛，在那儿迷人的酒吧里度过愉快的一个星期。突然，一个消息传来，狄恩倾其所有买了一辆新车正急匆匆地赶来。一霎时萨尔似乎看到了狄恩正玩命似地飞车而来。找到萨尔的狄恩告诉他他准备开车和萨尔一起去墨西哥探险。于是他们再次上路。在哥端极里亚城，他们遇上了一个叫维克多的墨西哥青年。在他的带领下他们一起到一家妓院里狂饮吸毒，和妓女们纵情跳舞、肆意享乐，后来他们带着满足感离开了那里，经过千辛万苦之后，他们终于到了墨西哥，这时，萨尔因过度劳累而病倒了，他在痛苦的高烧中得知狄恩已经搞到了一张廉价的与凯米尔的离婚证书，独自一人赶回纽约去了。萨尔一开始听到这个消息的时候很愤怒，但是后来他理解了狄恩的行为。

在第五章中，萨尔在纽约曼哈顿的一位朋友家里与一位漂亮的姑娘邂逅，他们彼此开始发疯似的相爱，并决定移居圣佛朗西斯科。得到消息的狄恩专程坐了几天几夜的硬座火车来向萨尔道喜。几天以后，狄恩要回到西部去了，在第七大道的转角处，萨尔看着狄恩徘徊，眼望前方，突然消失的身影，心中升起了一种怅然若失的感觉。

《在路上》是 20 世纪 50 年代美国嬉皮士的亚文化与主流文化激烈碰撞的记录，小说中的这帮嬉皮士都是当时愤世嫉俗的叛逆者、主流社会的挑战者和社会反叛动乱意识的制造者。他们以流浪、性爱和吸毒来发泄自己的苦闷情绪，到处奔波，盲目地追寻自我的本质，但没有结果。他们最后还是“在路上”，他们始终是流浪者，在一条望不到尽头的路上不停地奔跑，找不到“落脚点”。小说中没有句号，只有逗点、分号和破折号；没有选择，只有流动不断的自由联想及无限思维，故事情节也并不十分连贯。作家似乎处于一种半睡状态，行文显示出记忆和梦幻两相混合的意识流倾向。书的结尾也很别致：没有结尾，作者鼓励读者继续讲下去，在书的框架内添上自己的语言和意象。

《在路上》为凯鲁亚克奠定了作家的声誉，也引起了评论界的激烈争论。评论界有人对其大加吹捧，认为凯鲁亚克这种不规则的、粗糙的、碎片式的文风正是跟 T. S. 艾略特和南方“逃亡者”遗留下来的学术性写作风格相对立的，开创了小说创作的新风。

第七章　美国南方小说的发展与创作

美国南方小说是指以描写美国南方的风俗习惯、人物精神面貌为主要内容的小说。这些小说具有鲜明的地方色彩，并且呈现出美国南方社会的兴衰与命运。

第一节　美国南方小说的发展与创作概况

美国南方小说最早可以追溯到19世纪中期南北战争前后。由于历史原因形成的文化观念和传统势力的控制，美国南方在此之前没有形成真正意义上的文学，战前出现的多是一些以律师、医生、庄园主身份从事创作的业余作家。南北战争之后，美国南方小说逐渐兴起。南方小说最早可以追溯到查尔斯·布罗克登·布朗和埃德加·爱伦·坡的哥特式作品。到了20世纪艾伦·格拉斯哥和詹姆斯·卡尔贝尔开创了南方的新文学，他们不但重视描绘南方生活的多种风采，也积极反映社会现实，力图写出南方人民改变现状的要求和对未来的憧憬。

在20世纪20年代末，威廉·福克纳（William Faulkner，1897—1962）在他关于约克纳帕塔法县的神话里又再度创造了新的南方，历史和诗在这里剧烈地会合在一起。在福克纳之后，一批南方小说家，如威廉·斯泰伦（William Styron，1925—2006）、尤多拉·韦尔蒂（Eudora Welty，1909—2001）、弗兰纳莉·奥康纳（Flannery O'Connor，1925—1964）等都通过自己的小说创作进一步拓宽了南方小说的创作主题和表现形式，从而让南方小说焕发出了新的活力。

从整体上看，南方小说通常会表现出南方文化与美国文化之间的差异，以及生活在其中的白人、黑人、印第安人之间的种种矛盾。这些小说常将人物置身于一个历史演变的大时代环境中，使他们在怀念南方农业社会和无法回避时代进步的矛盾中发生痛苦的思考，展示了美国南方在工业化北方的资本主义经济冲击下必然走向衰落的命运。

第二节　南方世界的勾勒者——威廉·福克纳

一、威廉·福克纳的生平与创作概况

威廉·福克纳（William Faulkner，1897—1962）出生在南方新奥巴尼市一个历史悠久的家族。1902年，福克纳随家人迁居到附近的牛津镇。福克纳的曾祖父是当地颇有声望的庄园主，曾经当过律师，打过仗，并立过战功。曾祖父白手起家、显赫闻名的传奇性经历对福克纳的影响甚深。福克纳的祖父曾两度当选为州议员和本地银行总裁。但是，时隔不久，福克纳家族的家业开始败落，等到福克纳的父亲那一代时，家境开始衰落。

福克纳8岁那年，进入当地一所公立小学读书。由于基础扎实，他的成绩优异，然而到了五年级时，他逐渐对学习功课失去兴趣，而对文学作品的兴趣越来越浓烈。17岁时，福克纳高中尚未毕业就决定退学回家，并立志要当一名作家。第一次世界大战爆发时，福克纳向往军旅生涯，但因身高不够被拒绝。1918年，他终于被英国皇家空军吸收入伍，赴加拿大接受飞行训练。可是刚刚受训完毕，始获军官资格，战争就宣告结束了。他只得悄悄地回到故乡作诗绘画，以"艺术家"自诩，往返于南方的一些大城市。

1919年8月6日，福克纳在《新共和》上发表了第一篇诗作，题为《一个农牧神的下午》，但评论界对此没有什么反应。同年，

他以“特殊学生”的身份在密西西比大学上了一年学，选修法语、西班牙语和英国文学，在校刊上发表了一些文学和绘画作品，获得了学校授予的诗歌奖。1921 年，他到纽约的书店当售货员，年底返乡，在密西西比大学邮电所担任了几年所长。由于热衷于阅读文学名著，以致延误邮递公务而遭控告辞职。1924 年，他在新奥尔良结识了早已成名的著名作家舍伍德・安德森，两人一见如故。在安德森的劝说与帮助下，福克纳于 1926 年出版了以表现退伍士兵失落感为主题的第一部小说《军饷》，引起文坛注意，开始进行小说创作。

此后，他接连创作了《沙多利斯》《喧哗与骚动》《押沙龙，押沙龙！》《我弥留之际》等小说，引起了美国文坛的重视，评论界开始承认他在文坛的地位。1946 年，著名文学批评家马尔科姆・考利编辑了福克纳的作品选集，并撰文详细介绍他的著作。这使世人得以赏识他那独特精湛的创作才能。1949 年，福克纳获得了诺贝尔文学奖。获得诺贝尔文学奖之后，福克纳声名大振，他多次去欧洲和南美访问，代表美国政府参加国际文化交流，也到日本去讲过学，还先后担任过弗吉尼亚大学驻校作家和他的母校密西西比大学的名誉教授等职务。尽管社交活动繁多，但福克纳一直没有停止过创作的笔。在生命的最后十年里，他写完了《斯诺普斯》《小镇》《大宅》和“约克纳帕塔法世系小说”的最后一部《掠夺者》，以及从 1929 年之后唯一不属于这个世系小说范围的长篇小说《寓言》(1954，获 1955 年普利策小说奖)。1962 年，福克纳因心脏病突发逝世，享年 65 岁。

二、威廉・福克纳的小说分析

福克纳的小说最成功的地方就在于他勾勒出了一个“约克纳帕塔法神话世界”，这里的“约克纳帕塔法”指的是福克纳以他家乡的风土人情、地理环境为依据，为他的小说创作虚构出来的一个典型的美国南方县城的名称。从出版《沙多利斯》起，直至 1962

年的《掠夺者》止，福克纳为创作这个神话王国整整写作了33年，并最终形成了后来被文学评论家们定名为“约克纳帕塔法世系小说”[①]。在这些小说中，最为人称道的是《喧哗与骚动》《押沙龙，押沙龙！》和《我弥留之际》。

《喧哗与骚动》中描写了康普生先生之女凯蒂从一位南方淑女、大家闺秀沦落为轻佻放荡的女人的过程。通过凯蒂的堕落过程，福克纳影射了整个南方种植园制度的解体，以及这个制度下所特有的传统道德法规的崩溃。小说由“班吉的故事”“昆丁的故事”“杰生的故事”和“迪尔西的故事”四部分组成。在“班吉的故事”中，小说的叙事者是凯蒂最小的弟弟班吉。班吉是个白痴，虽已33岁，但智力却像个三岁幼童。他不会逻辑思维，没有时间概念，但却有真实的感情。小说就以他头脑里不自觉的回忆和联想开始，表现了他对姐姐的依恋之情。读者在白痴混杂无章、时序交错的意识流里理出小说情节的主线，即凯蒂的变化及给家人带来的影响。在“昆丁的故事”中，小说的叙述者是凯蒂的哥哥昆丁。昆丁爱自己的妹妹凯蒂，更爱家族的荣誉和南方历史包含的传统。妹妹的遭遇使他痛苦。然而，作为一个男人，他不能为维护妹妹的贞节挺身而出更使他感到内疚、悲观，以至痛不欲生。他最终不能摆脱沉重的心理负担，在绝望中投河自尽。在“杰生的故事”中，小说的叙事者是凯蒂的另一个弟弟杰生。杰生自私自利，嫉恨姐姐凯蒂，嫌她的坏名声妨碍了自己钻营的计划。凯蒂将私生女小昆丁寄养在他家里后，他多次侵吞凯蒂寄给女儿的生活费，不让凯蒂见自己的女儿，训斥小昆丁逃学，对小昆丁随意谩骂，完全丧失了人性。他还想将班吉送到精神病医院。福克纳让杰生自我表白和辩解，使他的丑恶嘴脸暴露无遗。在“迪尔西的故事”中，叙述者是黑人女仆迪尔西，她讲述了康普生家族的败落。那天早上，杰生发现小昆丁拿了母亲多年来寄给她的生活费

① 这个提法最早由评论家马尔科姆·考利在他所编的《袖珍本福克纳文集》(1946)一书的“序言”中提出，后为人们所普遍接受。

逃走之后，马上报了警，最终，小昆丁与一个流浪艺人私奔逃离了小镇，贪婪自私的杰生得到了应有的报应。

在《喧哗与骚动》中，福克纳没有对凯蒂的悲剧做客观的陈述，而是让读者通过不同人物的意识流动和内心独白去细细探求。小说的书名取自莎士比亚名剧《麦克白》的台词："人生如痴人说梦，充满了喧嚣与骚动，却没有任何意义。"在小说中，虚无主义和绝望情绪弥漫着充满"喧哗与骚动"的整个世界。作者采用了多种现代派手法，如时空倒置，将过去、现在和未来颠倒地组合在一起，又运用多视角来展现人物的生活和思想，揭示了第一次世界大战后在西方精神危机浪潮冲击下南方"现代人"的异化感和失落感。

《押沙龙，押沙龙！》描述了一个雄心勃勃要发家立业、一生惨淡经营却只落得失意潦倒下场的人的故事。主人公托马斯·塞德潘少年时代曾遭受富家侮辱，但他胸怀壮志，立志要摆脱贫贱的社会地位，登上社会的顶端，并决心建造一座豪华的宅第作为他发迹的象征。为了实现自己的梦想，他只身出走西印度群岛，同一有黑人血统的女人结婚，生下了儿子查尔斯。他发迹后便抛弃了妻子和儿子。回到美国后，托马斯以剥削黑人的血汗所得建造了房子，并再次结婚，有了儿子亨利和女儿裘迪丝。查尔斯长大之后来到北国，遇到了裘迪丝，并与裘迪丝相爱。得知这一消息的亨利气急败坏，并在托马斯的教唆下杀死了查尔斯。兄弟之间的残杀并没有让托马斯醒悟，他仍旧执着地向上流社会攀爬着。当他的家业败了，妻子也死的时候，托马斯仍旧试图东山再起。他欲和一年轻女子结婚，再圆发家之梦，但他的婚事受到了女孩家人的反对，最后，托马斯死在了这个女孩家人的枪下。亨利在外流浪多年，于重病缠身之际悄然回家，但一场大火烧光了托马斯家的房屋，全家人葬身火海，最后只剩下裘迪丝和查尔斯的遗孤——一个傻瓜婴儿在废墟中嗷嗷大哭。

在《押沙龙，押沙龙！》中，福克纳通过托马斯以被别人拒绝开始，以拒绝别人结束的一生，表明人的堕落、人心中的恨压倒爱，是现代文明解体的根本原因。

《我弥留之际》是意识流小说的杰作。这部小说讲述了一个具有荒诞色彩的故事。普通农户女主人艾迪在弥留之际，要求丈夫和孩子们把她的遗体送回小镇安葬，对于艾迪而言，这是表示对丈夫和环境的最后轻蔑；而对于丈夫和孩子们来说，完成她的遗愿既包含对死者的敬重，也包含驱鬼的迷信，同时还夹杂着一些稀奇古怪的个人利益。在扶柩回乡的路途上，一家人经历了洪水、大火、炎热等种种困难，走了六天六夜。在这六天六夜中，艾迪的大儿子被车压断了腿，成了终身残废；私生子在一次火灾中被严重烧伤；另一个智力不全的儿子因纵火烧棺而被送进疯人院；女儿为了弄到堕胎药而被药房伙计诱奸；拉车的牲畜也被洪水冲走。等到他们终于到达目的地之后，艾迪的尸体已经发臭了，埋葬了艾迪后，这个家庭顿时解散了。虽然这一家的行为举动是荒唐可笑的，但一家人却各有收获，特别是艾迪的丈夫，在亡妻下葬后 24 小时内，他便找到了新的老婆。

《我弥留之际》是一出黑色的、残酷的喜剧，福克纳用一些矛盾的、不和谐的和具有反义的事情表明，在现代文明世界里，人的存在没有真正的意义，现代人的命运既是一场悲剧，又是一场滑稽的玩笑。在这部小说中，尸体是中心意象，而死亡是中心主题。它不仅反映了艾迪一家的无能和不幸，也曲折地传达出一种普遍的没落情绪，所以，小说不仅是描写农妇艾迪的弥留之际，也描写了整个南方的弥留之际。

福克纳认为作家应该赋予所刻画的人物以最大限度的独立性，因此在塑造人物的时候，他满足于扮演一个旁观者兼记录者的角色，力图让人物自己来说话。比如在《喧哗与骚动》中，他让班吉做故事的叙述者的时候，我们会发现，这部分的叙述比较混乱，这是由于叙述者班吉不是一个思维正常的人。

总之，福克纳对新兴资产阶级的劣迹进行猛烈抨击，对底层人们的不幸遭遇寄予深切的同情。同时，他还巧妙地运用现代主义手法，揭示人物的内心活动，用梦幻、潜意识和内心独白来塑造人物性格，体现出了时代精神。正是由于他对文学做出的杰出贡献，他才成为诺贝尔文学将的获得者。

第三节　南方人精神危机的探索者——威廉·斯泰伦

一、威廉·斯泰伦的生平与创作概况

威廉·斯泰伦（William Styron，1925—2006）出生于弗吉尼亚州的纽波特纽斯镇，他的父亲是造船工程师。斯泰伦曾就读于代维森学院，1947 年又在杜克大学毕业。第二次世界大战期间他曾中断学业，参加了海军陆战队，战争结束后，又回到了大学继续读书。1951 年朝鲜战争爆发时，斯泰伦再次去当了兵。战争结束后，他成了一名图书编辑。

1951 年，斯泰伦的第一部小说《躺在黑暗中》出版，受到美国评论界的重视，并得到评论界的一致好评，他也因此一举成名。1960 年，斯泰伦发表了《烧掉这所房子》，评论褒贬不一或倾向于否定。1967 年，他又发表了《纳特·特纳的自白》，凭借这部作品他获得当年的普利策文学奖。1979 年，威廉·斯泰伦发表了他最著名的小说《苏菲的选择》，这部小说一经出版就引起了官方的关注，并获得了评论界的一致好评。20 世纪 80 年代早期，斯泰伦经历了一场精神危机，因精神消沉而住院治疗，后写出随感录《看得见的黑暗：发疯的回忆》来记录此事。20 世纪 90 年代以来，斯泰伦仍坚持写作和出版作品，1993 年他发表了包括三部中篇小说的《涨潮的早晨》一书。2006 年，斯泰伦因肺病不幸去世，享年 81 岁。

二、威廉·斯泰伦的南方小说创作

斯泰伦的小说创作深受南方的文学传统，尤其是福克纳的影响。与福克纳的小说创作相似，他在叙事的过程中也常常将时间的顺序打乱，也十分注重对人心灵深处的矛盾和冲突进行描绘和探讨。同时，小说中运用了很多心理分析、意识流以及内心独白的创作手法，但在运用这些技巧时，斯泰伦有着自己独特的特点。与福克纳不同的是，斯泰伦常常会通过梦境来对人物的下意识进行描绘，从而探索其深层的精神世界。他的作品中还常常夹杂着欲望与性爱，他试图通过这些描写来展现南方人精神世界的危机。在斯泰伦的众多小说中，《躺在黑暗中》《纳特·特纳的自白》和《苏菲的选择》是获得评论界一致好评的作品。

《躺在黑暗中》描写的是美国南方一个中产阶级家庭经历痛苦而缓慢的解体的故事。在这个家庭中，父亲密尔顿·洛夫提斯因是一个抛弃了南方传统的人，他沉湎于酒精和婚外情之中，母亲海伦则是一个坚持南方传统的人。这两个人因为生活观念不同，经常会发生冲突。后来，密尔顿将自己的感情逐渐转移到了女儿贝藤的身上。随着女儿的长大，密尔顿对女儿的爱逐渐发生了变化，具有了一种乱伦性质。为了避免发生悲剧，贝藤嫁到了美国的北方，但这并没有让她获得精神上的解脱。身处在北方的她十分想家，也十分想念自己的父亲。为了排解自己的痛苦，贝藤不断地与男人发生关系，但是这种痛苦并没有减轻，这让她十分绝望，最终选择了跳楼自杀。小说的最后，所有的人都死去了，躺在了生活的坟墓中。从小说中我们不难看出，斯泰伦借助这个家庭的毁灭揭示了在工业化进程中，南方传统所遭受的毁灭性的打击，并且对南方人精神的无所适从进行了描绘。小说中运用了大量的意识流手法，如小说的末尾就是贝藤一大段的内心独白。除此之外，小说中还运用了大量的插叙和倒叙，从而对人物的感情世界进行了突出。例如贝藤在嫁到了北方以后，竭力想要摆脱她悲剧性的家庭给她和她的生活所带来的阴影，但是南方的文化、传统以及历史侵袭着她，她总是不自觉地回想起南方家中的一些事，这让她十分苦恼，最终选择了自杀这种方式对它们进行摆脱。

《纳特·特纳的自白》根据1831年真实发生在他的家乡附近的一次黑奴暴动事件写成。小说以黑奴领袖纳特·特纳为第一人称写成，他曾在弗吉尼亚州领导过一次黑奴暴动。特纳自幼在白人主人家里长大，并在那里熟读了《圣经》，逐渐成长为一个宗教狂热式的人物。他声称看到了神示的幻象，还说上帝命令他做一番大事，于是自封为布道者，希望组织黑奴对白人进行反抗。他先是带领着五个黑人奴隶对白人奴隶主展开杀戮，接着组织了一支由四十余人组成的黑人队伍，杀死了五十九个白人，包括男人、女人和小孩。这时，政府出动了军队，对无辜的黑人进行杀戮，白人奴隶主也趁机对他们的黑人奴隶进行屠杀。黑人反叛军和政府军在接下来的几天内血刃相见，很多跟随纳特的人被杀害，纳特在躲藏了几天后选择了自首。当纳特深陷狱中时，一个名叫托马斯·格雷的记者对他进行了访问，后写成了一本长达二十页的《纳特·特纳的自白》。最终，纳特被政府处以了绞刑，但是他叛乱的后果仍然延续了几十年。

这部小说在问世后曾引起人们激烈的争论，人们对其中的种族冲突看法不一。黑人学者认为，小说丑化了黑人领袖，将他们爱戴的黑奴起义领袖纳特塑造成了优柔寡断、笨头笨脑、迷恋白人女人、神经不正常的阉人，并且贪生怕死。但是白人学者却认为，这部小说写出了人性恶的一面，值得赞颂。

《苏菲的选择》是斯泰伦根据一位从德国纳粹奥斯维辛集中营里侥幸逃出的年轻犹太女人的经历所创作的。小说通过描写一个从德国纳粹集中营受尽非人折磨而侥幸存活下来并逃到纽约的漂亮姑娘苏菲的曲折经历，对德国纳粹进行犹太人大屠杀在犹太人心灵上造成的毁灭性的阴影进行了深刻的表现。小说中苏菲面临着两种选择，一种是在患有严重精神分裂症的犹太青年内森和住在楼下的青年作家斯廷戈之间的感情选择，另一种是在集中营时对自己的两个孩子谁活下来进行选择。当苏菲恳求监狱官将两个孩子的性命都保住时，监狱官毫不留情地拒绝了她。不得已，苏菲做出了选择，但最后两个孩子却都被杀掉了。她因此而万分痛苦，这也给她的心灵留下了无法愈合的创伤。

这部小说的写作手法是非常独特的，既有内心独白、倒叙，也有人物的梦和遐想。通过这些手法的运用，斯泰伦对当代西方社会中的个人意识所遭到的困扰和压抑进行了揭示。

第四节　南方女性的描绘者——尤多拉·韦尔蒂

一、尤多拉·韦尔蒂的生平与创作概况

尤多拉·韦尔蒂(Eudora Welty，1909—2001)出生于美国南部密西西比州杰克逊市的一个中产阶级家庭。她的父亲是一家保险公司的主管，母亲是一名教师。由于父母都十分喜爱书籍和音乐，韦尔蒂也受到了他们的影响，十分钟爱创作。

1925 年，韦尔蒂进入密西西比州州立女子学院，两年后转至威斯康星大学英语系，并获得文学学士学位，期间她开始练习写作。不久，她对摄影产生了浓厚兴趣，于是在 1930 年进入哥伦比亚大学商学院进修广告学。绘画和摄影的相关知识为韦尔蒂进行小说创作提供了一定的帮助。

1931 年，韦尔蒂研究生毕业后，回到经济大萧条中的家乡，为当地的广播电台和报纸撰稿。在此期间，她走遍密西西比州，接触了形形色色的人，同时拍摄了好几百张黑白照片，并举办了一个摄影展。这次经历让韦尔蒂对各个阶层的人都有了深入的观察，为她后来创作具有南方风味的小说奠定了基础。

1936 年，韦尔蒂发表了短篇小说《一个旅行推销员之死》，这

篇小说推出之后，立即受到了文学界的关注。有人评价它为表现南方社会畸形人生活和心理状态的佳作。20 世纪 40 年代韦尔蒂步入了文学创作的第一个高潮，创作了一系列小说，凭借这些作品她于 1942 年和 1943 年两次获得欧·亨利短篇小说奖，1944 年又获得美国文学艺术院奖。

第二次世界大战期间，韦尔蒂曾在《纽约时报》任职，撰写图书评论，还把自己的长篇小说《德尔塔婚礼》改编为百老汇戏剧《沉思的心》，于战后的 1954 年出版。为了照顾生病的母亲和年幼的弟弟，韦尔蒂辞去了《纽约时报》的工作，此后很少有作品问世。

20 世纪 70 年代，韦尔蒂重返文坛，开始了她文学生涯的第二个创作高潮，奠定了她作为美国主流作家的地位。1972 年她出版的长篇小说《乐观者的女儿》于 1973 年获美国普利策文学奖，同年，她还获得美国文学艺术院小说金质奖章。她的成就和荣誉让家乡人民感到自豪，1973 年密西西比州宣布 5 月 2 日为全州的“尤多拉·韦尔蒂日”。在这之后，韦尔蒂又获得多种奖项，1998 年，由美国图书馆选编，代表美国文学最高成就的《美国文学巨人作品》系列收入了韦尔蒂的作品，打破了之前这套丛书只收入已故作家作品的规矩，在美国文学界引起了轰动。2001 年 7 月 23 日，韦尔蒂因肺炎病逝，享年 92 岁。

二、尤多拉·韦尔蒂的小说分析

由于长期居住在南方，并对南方的文化有深入的了解，韦尔蒂的小说大部分都是以南方为背景的，乡土气息浓厚，在这些小说中，她通过对家庭或社区中的平凡琐事的描写来表现人与人之间的亲疏关系以及爱情的力量等。她十分注重对人物内心世界的探寻，特别是对女性内心世界的揭露。这在她的短篇小说集《绿窗帘和其他故事》《宽网和其他故事》和长篇小说《乐观者的女儿》中表现得尤为明显。

《绿窗帘和其他故事》主要收录了韦尔蒂早期的17部短篇小说，这是她的第一部短篇小说集，当时已经成名的小说家凯瑟琳·安妮·波特为此书做了序，称韦尔蒂将成为一位著名的南方女性作家。

《绿窗帘和其他故事》所收录的小说大都以南方为背景，其中包含了各个阶层的人物，如精神病人、聋哑人、智力有缺陷者、糊涂的老人、想自杀者和杀人犯等。在这些小说中，韦尔蒂体现出了自己对他们的遭遇的同情，其中特别展现了南方女性的爱情、婚姻、生活，以及她们所遭受的不公正待遇和内心的孤独与绝望。例如在《莉莉朵和三女士》中，韦尔蒂通过莉莉朵戏剧性的命运和三女士不同的婚姻状况展现了南方小镇女性群体的命运。莉莉朵是村里一个已经到了婚嫁年龄的弱智女，同村的牧师妻子卡森、寡妇瓦茨夫人以及老处女艾米自诩为莉莉朵的监护人，她们三个人都认为自己承担着照顾莉莉朵的责任。当她们听说莉莉朵去巡回剧团看戏时，便立刻决定将她送到一家残疾人疗养院去，与此同时，她们也意外地听说莉莉朵要跟一个刚认识不久的流浪艺人结婚。由于担心莉莉朵已经失身，卡森、瓦茨夫人和艾米软硬兼施将莉莉朵哄上了火车。让她们没有想到的是，在火车上她们遇到了那个流浪艺人。最终，三位女士不得不同意莉莉朵和流浪艺人的婚事，于是，火车站上的送别变成了莉莉朵的婚礼。在这个具有戏剧性的故事中，韦尔蒂强调了女性与旧社会传统斗争的艰辛。小说语言简洁明快，幽默中夹带着善意的嘲讽，显示出了作家很深的艺术功底。

《绿窗帘和其他故事》中的其他篇目，如《我为什么住在邮局里》《绿窗帘》《紫帽子》等揭示了女性精神世界的荒芜。在《我为什么住在邮局里》中，女主人公讲述了自己与姐姐之间的争吵，读者可以看到她内心的孤独和世态的炎凉。在《绿窗帘》中，少妇拉金因丈夫意外去世而受极大的刺激，终日混混沌沌。在《紫帽子》中，女主人公像个鬼魂，找不到精神寄托，三十年如一日出没于赌场。所有的这些作品都表明了韦尔蒂对女性生存状态的深刻思考。

《宽网和其他故事》所收录的8篇故事大多以同一个南方小城“纳旗镇”为背景。这些故事大量运用想象、幻觉、传说等非实体因素，具有浓厚的地方传奇色彩。这部短篇小说集的主题是成长，书中角色几乎都是年方弱冠的青年男女，故事内容围绕他们的经历一一铺陈，展示了少年男女的成长主题。[①] 比如《初恋》讲述了一个聋哑男孩在与英雄邂逅之后所产生的心理变化，故事结尾时，小男孩走出了阴暗睡洞，与记忆中的父母告别之后走向了晨光中的远方。《宽网》体现了男性成长的主题。威廉的妻子怀了孩子，这让威廉感到不知所措，他常常彻夜不归。妻子感到丈夫关照不够，便留条说要投河自尽。威廉大吃一惊，赶快借了一张宽网撒在河里，带领朋友们一起打捞妻子的尸体，他还自己下河去寻找。后来他发现妻子好好的，两人终于言归于好。《大风》体现了女性成长的主题。小说通过描写一个正处于青春期的少女的心理变化，表现了少女对未来既充满希望与憧憬，又时常感到恐惧和不安的复杂心态。

《乐观者的女儿》是一部以家庭婚姻为题材的小说。小说的主人公劳雷尔新婚不久，丈夫便在二战中去世，母亲也在疾病的煎熬中去世。在劳雷尔的母亲去世后，她的父亲克林顿·麦凯瓦尔则续弦年轻而粗俗的姑娘法伊。为此，劳雷尔远走他乡。数年之后，劳雷尔的父亲生病，她回到了家乡。在父亲去世后，劳雷尔陷入了与粗暴自私的法伊无休无止的纠葛中，同时陷入父母双亡以及丧夫的痛苦中。在痛苦的回忆中，她逐渐意识到只有接受过去、调节自我，才能真正获得对自己的正确理解。

《乐观者的女儿》的故事虽然很简单，但是却体现出了丰富的内涵，这其中既有女性对旧传统的反叛，也有女性个人的心理成长，还有南方传统文化与现代物质文明之间的碰撞。劳雷尔的离

---

① 金莉.20世纪美国女性小说研究.北京：北京大学出版社，2010：117

家出走代表着她对旧传统的反叛，在亲人先后离世之后，她失去了精神支柱，经过不断地回忆、反思之后，劳雷尔最终获得了新生，重新寻找到了生命的意义。小说还表现了"美国南方社会风气的变迁以及人与人之间，自己与家庭成员之间的矛盾，揭示了这种矛盾源于阶级及其社会背景之间的深刻差异"①。

总之，韦尔蒂的小说以通俗、明快、抒情的语言塑造出了从贵族到农夫的一系列人物形象，向读者表达他们的"内心独白"，展现他们的感情纠葛和悲欢离合，尤其突出的是对女性心理进行了深入的探索，从而揭示了人生的真谛和社会哲理。

第五节　道德畸形的展现者
——弗兰纳莉·奥康纳

一、弗兰纳莉·奥康纳的生平与创作概况

弗兰纳莉·奥康纳(Flannery O'Connor，1925—1964)出生在美国佐治亚州萨凡纳市的一个普通家庭中，她的父母都是爱尔兰移民的后裔，也是虔诚的天主教徒。受家庭环境的影响，奥康纳深信天主教。1938 年，奥康纳随家人移居到米利奇维尔市，这一曾是佐治亚的首府且在内战中显赫一时的城镇有着非常浓厚的南方历史感，这引起了奥康纳的反感。但是，城镇中的州立疯人院让她十分感兴趣，观察这些怪人、畸人成为她的兴趣所在，这为她日后进行小说创作积累了素材。

1941 年时，奥康纳的父亲因患红斑狼疮症去世，这给她造成了沉重打击，随之她受到百般呵护的童年也结束了。1942 年，她

① 徐颖果，马红旗. 美国女性文学：从殖民时期到 20 世纪. 天津：南开大学出版社，2010：421

在母亲和外婆的帮助下升入了佐治亚州立女子学院，并于1945年毕业，获得了文学学士学位。之后，她进入全美首批设立了创作和训练课程的衣阿华州立大学进行深造。奥康纳原本想成为一名职业的政治漫画家，后来她放弃了这一想法，而转向文学专业，并获得了文学硕士学位。

1950年时，奥康纳意外发现自己也患上了红斑狼疮症，患病之后，奥康纳不得不回到母亲身边，并永久定居在米利奇维尔市，这让她对南方的农村有了更加深入的观察，对南方农村的宗教意识以及社会文化领域也有了更加深刻的认识。1952年，奥康纳发表了自己的第一部长篇小说《智慧的血》，1960年，她又发表了《强暴的人夺走了它》。奥康纳的短篇小说主要被收录在《好人难寻及其他》《上升的一切必然汇合》和《奥康纳短篇小说全集》中。1964年奥康纳因肾衰竭医治无效在佐治亚州米列格维尔幸病故，年仅39岁。

二、弗兰纳莉·奥康纳的小说分析

奥康纳的一生虽然备受红斑狼疮症的折磨，但她以顽强的毅力和乐观积极的态度坚持与病魔战斗，始终笔耕不息，曾被誉为“南方文学先知”。她的小说通过细腻的文笔将迷信宗教的人们的怪诞形象和复杂心态深刻地展现了出来，并对人类的道德畸形进行了揭示。

在《智慧的血》中，奥康纳讲述了海泽尔·摩特兹的故事。海泽尔当过兵，他失去了自己的信仰。退伍之后，他回家乡建立了一个“没有基督的教会”来否定上帝，他通过自残的方式洗刷自己过去的罪行，但最终，他被警察打死了。通过这一故事，作家传达出这样一个观念：否定上帝就等于自取灭亡，只有向基督赎罪才能获得生活的意义。

《强暴的人夺走了它》的书名本身就是根据《圣经》里的《新约·马太福音》而取的，因此这部小说也与宗教有着密切的关系。

它讲述了弗兰西斯·塔华特的故事。弗兰西斯通过烈火、疯狂、罪恶、暴行，最终洗刷了自己的罪孽成了先知的牧师。

在奥康纳的短篇小说中，最为重要的是《好人难寻》。《好人难寻》讲述的是一个悲惨的故事。在这个故事中，出游的贝雷一家老少三代在翻车之后遇到了歹徒。老祖母认出其中一个正是报纸上登的越狱逃犯。在与逃犯交谈的短短十分钟内，老祖母先后目睹家庭成员一一死去，在与老祖母经过一番"谁是好人""什么叫犯罪"的辩论之后，歹徒把她也杀了。在被杀害前，老祖母突然意识到歹徒和她有着共同的基督教根源，她想要去拯救他们，但这些歹徒却向她连开了三枪。奥康纳力图通过这个故事来说明人世间充满兽性的人和野蛮的暴行，从而对道德畸形的世界进行展现。在小说中，老祖母和"城堡"舞餐厅主人之间的对话便显示出了这一点：

> 他（"城堡"舞餐厅主人红萨米）的老婆端来点的菜，不用托盘，胳膊肘上还搁一盘。"在上帝的这个花花世界里，就没有一个你能信得过的人，"她说，"我看哪个人还不都一样，哪个还不都一样！"她瞅着红萨米，又重说了一遍。
>
> "报上登的那个逃犯，不合时宜的人的消息，你们看了吗？"老奶奶问。
>
> "他没有来这儿抢劫，我一点也不奇怪，"那女人说，"他要是听说这儿有油水，他不来才怪呢。可是他要是听说钱柜里只有两个子儿，当然不会来啰。"
>
> ……
>
> "好人难找哟，"红萨米说，"样样事情都变得糟透了。我记得往年出门，大门都不用闩。那种好日子不会再来喽。"

作者想通过这些对话表现一个充满罪孽、没有虔诚心的世界。作为被害者，老祖母一家事实上是缺乏基督教精神的。虽然嘴上经常念叨耶稣，但是老祖母却并不是一个基督精神的实践者，她自私、昏庸，有时候连祈祷都做不出来。她的儿子贝利也不是一个合格的父亲，他对孩子缺少关爱，易怒，出车祸之后，他为了发泄自己的情绪把随他们旅行的猫狠狠地砸在了树干上。贝利的孩子们更是缺少善意，出车祸时狂热地尖叫，甚至在全家人出车祸之后还抱怨说："可谁也没死。"可以说，老祖母一家的灵魂都需要上帝的恩典来拯救。

通过老祖母一家的遇害，奥康纳也展示了原罪的理念。她认为，在这个荒诞的世界中能得出的唯一的一个结论就是好人难寻。暴徒之一"不合时宜的人"，由于被人诬告杀父而被关进监狱，世人把他看成"与众不同"的人，他自暴自弃，认为"除了伤天害理，别无其他乐趣"。正是基于这种认识，他枪杀了老祖母一家。

在《好人难寻》中，奥康纳将令人发指的暴行巧妙地和琐碎的日常生活细节结合在一起。小说中一些看似漫不经心、平淡无奇的暴力描写实则在向读者展示一种恐怖的气氛，不断地表明作者所探索的乃是人生中诸如信仰之类的根本性问题。例如小说在结尾处写道：

> 树林里传来一声刺心的惨叫，紧接着是声枪响。"老太太，有的人没完没了判刑受罚，有人从来没有，您认为这合理吗？"
>
> "耶稣啊！"老奶奶喊道，"你是好出身，我知道你不会枪杀一个好人家妇女的！我知道你是好人家出身的！求求你！耶稣啊！你不该枪杀一个好人家妇女。我把我身上的钱都给你。"
>
> "老太太，"不合时宜的人说，望着她后面的森林，"从来没有听说过死人给抬棺材的赏钱的。"
>
> ……
>
> "也许耶稣没有叫死人复活过，"老奶奶咕咕噜噜不知所云地说。

通过这些对话，小说在客观上深刻地揭示出美国社会生活中存在的令人震惊的暴力，发出了“好人难寻”的悲凉呼声。

可以说，在这部小说中，奥康纳揭露了西方社会道德与文明的荒谬和虚假，批判了被物化的现世主义思潮导致的现代人精神的虚无，认为只有通过非常的暴力或死亡，才能使人接受上帝的“感化”，找回“隐退”的上帝，最终获得灵魂的救赎。

这部小说叙事简单而明了，语言也非常简洁，同时，小说中还融合了大量的美国南方口语，并且充满了预兆和悬念，可以说这部小说充分体现出了奥康纳小说的特点。

第八章　美国族裔小说的发展与创作

美国是一个移民社会，生活着不同的种族。伴随着美国内部不断爆发的民权运动，各种族的觉悟日益提高，对自我和种族进行表达的热情也空前高涨，从而极大地促进了族裔小说的发展。

第一节　美国华裔小说的发展与创作

华裔在美国是一个十分特殊的群体，他们身在美国却无法舍去自身和祖国的血肉联系，在受到中国文化的熏陶的同时又受到美国文化的影响。华裔小说的创作可以追溯到伊迪斯·莫德·伊顿(Edith Maude Eaton，1865—1914)，她用水仙花的笔名创作了一系列的小说，表现了早期中国移民尤其是中国劳工的悲惨经历。进入20世纪60年代后，在华裔小说家汤亭亭(Maxine Hong Kingston，1940—　)、赵建秀(Frank Chin，1940—　)等的努力下，华裔小说在美国小说史上占据了一席之地，极大地鼓舞了华裔作家群的士气，激发了他们的创作冲动。到了20世纪八九十年代，华裔小说的创作迎来了繁盛时期，谭恩美(Amy Tan，1952—　)、任碧莲(Gish Jen，1955—　)、伍慧明(Fae Myenne Ng ，1956—　)、哈金(Ha Jin，1956—　)等作家，以其新颖的题材和独特的风格进一步推动了华裔小说在美国的发展。限于篇幅，在这里我们主要对汤亭亭、谭恩美、任碧莲的小说进行分析。

一、汤亭亭

（一）汤亭亭的生平与创作概况

汤亭亭（Maxine Hong Kingston，1940— ）出生于加利福尼亚州斯托克顿市，祖母原籍广东新会市。汤亭亭的母亲是一名护士，他的父亲到美国之后，先在洗衣店打工，后来自己开店。1962年，汤亭亭于加州伯克利大学毕业，之后在夏威夷大学任教。1976年，她的处女作《女勇士》获得出版，在美国文学界引起了巨大的反响，并获得了当年的国家图书奖。1980年，她发表了第二部小说《中国佬》，这部小说获得国家图书奖。1989年，她的第三部小说《引路人孙行者：他的即兴曲》获得了美国西部国际笔会小说奖。

（二）汤亭亭的小说分析

汤亭亭的小说掀起了美国华裔文学的“第一次浪潮”，她的小说通常建立在中国传统文学的基础上，并在其中融入了美国元素，体现的是华裔在美国的奋斗史。

作为汤亭亭的处女作，《女勇士》通过“我”对姑姑（无名氏）、母亲勇兰、姨妈月兰和中国古代被流放的女诗人蔡琰生活经历的探寻过程，展现了“我”的自我身份意识的稳固。小说分为五部分，分别是“无名女人”“白虎山学道”“乡村医生”“在西宫”和“羌笛野曲”。“无名女人”讲述了“我”姑姑的故事。“我”姑姑刚结婚不久，她的丈夫便到美国淘金去了。后来，姑姑因与人通奸怀了孕，为全村的人所不容。在她分娩的当晚，村里的人砸了她家中的一切，使得她走投无路，被迫在猪圈里生下小孩，并选择了抱着婴儿投井自尽。在“我”看来，姑姑是在用死对封建社会残酷迫害女性的行为做出反抗。“白虎山学道”讲述了“我”上阵杀敌与恶霸做斗争的故事，在叙述中，掺入了花木兰的故事，从而让“我”成了新的“花木兰”。“乡村医生”讲述了母亲勇兰的故事。“我”的母亲勇兰在未移民之前是一名出色的医生，但是移民之后，却变成了缺乏独立意志的工作机器。“在西宫”讲述了姨妈月兰的故事。月兰的丈夫在美国另结新欢，月兰的姐姐也就是“我”的母亲勇兰鼓励她去美国寻夫，讨要说法，最终月兰无功而返，精神崩溃，成了男权制度下的一个疯女人。“羌笛野曲”以回忆的形式，讲述了“我”从幼儿园到成人的成长经历，并以中国古代的蔡文姬自喻，指明自己最终发出了属于自己的声音。

从整体上看，《女勇士》意在强调中国的女性虽然受到多重的压迫，但仍具有勇敢的反抗精神、自强自立的牺牲精神和坚韧的奋斗精神。

作为《女勇士》的姐妹篇，《中国佬》同样是通过家族故事来揭示华裔移民自我探寻的过程的。《中国佬》由六个故事和十二个小故事组成，讲述了“我”的家族从曾祖父/外曾祖父、祖父、父亲到弟弟四代男性的经历。曾祖父被骗到夏威夷开荒种甘蔗，当牛做马，如同美国南方种植园里的黑奴一般。祖父在美国西部修筑铁路，风餐露宿，忍饥挨饿，受尽了白人工头的鞭打和虐待。父亲靠勤俭与苦干勉强在美国生存了下来。弟弟没有选择在美国继续生存，而是去了越南。小说充分展示了华工在逆境中对美国西部开发、建铁路、开矿山的突出贡献。在这部作品中，汤亭亭将事实与虚构、自传与家史以及神话融为一体，谱写了一曲美籍华人英勇奋斗的凯歌。小说通过黑色幽默、故事拼接等形式透露出强烈的反讽意味，能够引起读者对华裔命运的思考。

《引路人孙行者：他的即兴曲》讲述了一个名叫惠特曼·阿新的美国华裔在美国两个月内的遭遇。作为美国土生土长的华裔，阿新自认为自己有《西游记》里的孙悟空那种天马行空、呼风唤雨的气质，大学毕业后，阿新成了一个不满现实的嬉皮士。他以大诗人惠特曼的姓作为自己的名字，整天幻想着成为像惠特曼那样的大诗人兼戏剧家，但是在现实中，他却一再碰壁。他不愿意去服兵役，原因是自己不想为美国去杀害无辜的人。由于缺少精神寄托，无法实现自己的梦想，阿新甚至选择过自杀。通过这部小说，汤亭亭展现了20世纪60年代美国社会生活的动荡以及华裔追求自我的过程，并对华人的身份问题进行了深入的探索。小说借阿新之口说出了美国社会的不平等：

> 一百年前，曾有一段时间我们是中国人。毕竟，在新世界里生活着英国人、法国人和荷兰人。但他们都成了美国人却不让我们成为美国人。

这段话可以看成美国华裔对自己身份的困惑。

另外，《引路人孙行者：他的即兴曲》还巧妙地运用了时间顺序颠倒、黑色幽默等表现手法，具有浓烈的时代气息。

总之，汤亭亭通过自己的小说创作，对美国华裔女性和男性的生存状态进行了描绘，表达出了自己对多元文化融合共生的目标的向往。

二、谭恩美

（一）谭恩美的生平与创作概况

谭恩美（Amy Tan，1952—　）出生于加州奥克兰，属于第二代华人。她曾就读医学院，后获圣何塞州立大学英语语言学学士和硕士学位，之后转入加州大学伯克利分校攻读博士学位，但不久就中断学习投入到开发残疾儿童语言能力中，取得了一定的成果。

1989年，谭恩美发表了自己的第一部长篇小说《喜福会》，这部小说奠定了她在美国文学界的地位。此后，她又陆续发表了《灶神娘娘》《通灵女孩》《正骨师的女儿》《拯救溺水的鱼》等长篇小说，《月亮小姐》和《莎格瓦：中国芝麻猫》两本儿童读物，以及散文集《命运的对立面：沉思录》等。这些作品有的被翻译成了20多种文字在世界上广为流传。

（二）谭恩美的小说分析

谭恩美的小说常常通过母女之间的关系来展现华裔女性的内心世界。她笔下的华裔女性通常是在美国出生的，她们没有真正接触过中国文化，对于她们而言，一方面要面对种族认同的问题，另一方面要承受父母给予的压力。《喜福会》《灶神娘娘》和《拯救溺水的鱼》都是如此。

《喜福会》是谭恩美根据自己外婆和母亲的经历创作而成的，这部小说"以自述形式，通过对四个华裔妇女和她们的女儿20世纪前后在中国和美国不同生存经历的描绘，折射出时代变迁的历史烙印、两代人之间的思想冲突和中美文化的巨大差异"[①]。在这部小说中，吴宿愿、钟林冬、苏安梅和顾映映四个人组成了打麻将的"喜福会"，她们轮流坐庄，相互请客吃饭，日子过得十分悠闲。其中，吴宿愿在来美国之前，曾在中国生下了一对双胞胎女儿，抗日战争爆发后她与女儿在逃往重庆的途中失散了，不久后又得知了丈夫阵亡的噩耗，不禁悲痛过度，后被美国教会医院收留。在医院，她认识了吴昌宁，并与他相恋，跟他一起来到了美国，生下了第三个女儿吴晶妹。因为始终没有找到失散的双胞胎女儿，吴宿愿感到内心愧疚，后来病倒了，最终郁郁而终。在吴宿愿去世之后，吴晶妹代替了母亲在"喜福会"中的位置。钟林冬、苏安梅和顾映映将其母亲想要寻找到双胞胎女儿的心愿告诉了她，同时将打麻将买股份的红利取出来资助她到大陆寻找失散的同母异父的两个姐姐。在寻找两个姐姐的过程中，吴晶妹渐渐理解了母亲的苦难与不幸。

在小说中，谭恩美通过第一代华裔女性和第二代华裔女性之间的文化隔阂，展现了不同时代、不同文化背景下的华裔女性之间相互理解的过程。作为第一代移民的四位母亲虽然身在美国，却仍是彻头彻尾的中国女性，国难家仇她们可以抛在身后，却无

① 毛信德.美国小说发展史.杭州：浙江大学出版社，2004：532

法抛却与祖国的血脉亲情。她们用自己的方式教育着自己的子女，从不赞扬子女，要求子女服从自己的权威。以吴晶妹为代表的第二代华裔女性，由于是在美国文化的环境中长大的，她们并不认同母亲所持有的价值观，这样就造成了母亲与子女之间的矛盾与冲突。虽然存在矛盾与冲突，但是毕竟血浓于水，他们彼此之间由亲情而建立起来的爱成了化解矛盾与冲突的最好选择。

《灶神娘娘》讲述的是华裔母女二人由互相不理解到相互理解、相互依靠的故事。小说从母女二人的思想情感冲突写起，女儿珍珍身患重症，但是她却并没有将这件事告诉自己的母亲，因为她不想让母亲干涉自己的生活，也不想让自己与母亲之间的矛盾影响自己求生的信念。后来，母亲向女儿珍珍讲述了自己的辛酸往事。原来，珍珍的母亲早年在中国大陆时曾经有过一段不幸的婚姻。她的第一个丈夫经常打骂她，在无法忍受的情况下，她向丈夫提出了离婚。经过一番波折之后，她才重获自由。但是在离婚之后，丈夫强奸了她，还使她怀上了孩子。之后她便带着肚中的孩子来到美国与第二个丈夫路易成婚，而这个孩子就是珍珍。在听完母亲的故事之后，珍珍理解了母亲，并将自己患病的事情告诉了母亲。母亲在震动之余也看到了自己今后的生活目标，她决心要将全部的母爱倾注在女儿身上，以使女儿的痛苦能得到一丝减轻。后来，母亲到唐人街为女儿买了一座灶神娘娘，希望她能够成为所有像女儿那样内心经受着痛苦和孤独的女性的保护神。小说最终以母女二人实现心灵沟通作为结局，表明作家希望分别由东西方文化影响的两代人，最终能够相互理解和相互交融。

《拯救溺水的鱼》的叙述者仍是华裔女性，但主要人物却换成了美国白人，故事的背景也移到了神秘的东南亚古国和丛林中的部落。小说的叙述者陈璧璧是旧金山社交名媛兼艺术品交易商。她原本打算带领一群大人物级的朋友从中国的丽江开始，穿越边境进入缅甸，然后沿滇缅公路游历，进而欣赏沿途的文化名胜和自然风光。但是出发前，陈璧璧却死了。陈璧璧死后，原定的计划并没有因此搁浅。一路上，陈璧璧作为幽灵跟随着朋友们的脚步。通过她的眼睛，读者可以轻易地洞察到小说中所有人物的行为和思想，这种无限制的叙述视角为小说增添了神秘色彩。

从内容上，《拯救溺水的鱼》是一部典型的旅行小说，充满着大量的风土人情，如中国云南的丽江、东南亚某古国、丛林中的部落等，几乎包含了所有异域探险小说的元素。但从本质上看，这部小说所体现的是东西方文化冲突最本质的一些东西，同时，小说也通过对旅行团中华裔女性朱玛琳与她12岁的女儿埃斯米的母女关系的描写，暗含了叙述者陈璧璧对自己与母亲的关系逐渐理解，从而对母女之间的关系的主题进行了进一步的探索。

三、任碧莲

（一）任碧莲的生平与创作概况

任碧莲（Gish Jen，1955—　）出生于纽约州的斯卡达尔，毕业于哈佛大学，主修英语。她曾在中国担任过英语教员，后来，她进入爱荷华大学作家进修班进行学习。1984年，任碧莲发表短篇小说《水龙头初影》，1991年发表长篇小说《典型的美国佬》，一举成名。之后又发表了长篇小说《梦娜在希望之乡》《俏太太》和短篇小说集《谁是爱尔兰人》等。

（二）任碧莲的小说分析

作为华裔作家，任碧莲并没有将写作的目光仅仅集中在华裔身上。在她的小说中，我们可以看到各种各样的人物，既有华裔、日裔、犹太裔，也有黑人和代表主流文化的白人，还可以看到不同种族文化之间的冲击与碰撞。这在《典型的美国佬》和《梦娜在希望之乡》中表现得尤为明显。

《典型的美国佬》讲述的是来自中国的移民留学生拉尔夫·张从之前的对缺乏传统的"典型的美国佬"的鄙视到最后自己也被同化成"典型的美国佬"的过程。拉尔夫·张的中文名字是张意峰,他来到美国是想成为一名工程师,并且希望学成之后可以报效祖国。到了美国之后,他和家人想尽了办法来改变自己的命运,甚至放弃了自己的学术追求而去经营餐馆。由于经营不善,餐馆因亏本而倒闭,他的妻子也被别人强奸了。最终,拉尔夫·张的"美国梦"彻底破碎了。小说通过拉尔夫·张及其家人的价值观以及对"典型美国佬"这一概念认识的演变过程对美国族裔双重文化身份的转换和建构、双重价值标准的冲突和调和进行了探讨,并质疑了"熔炉"模式中"典型美国佬"的定义,从而颠覆了美国主流社会对族裔的本质论式的偏见。

《梦娜在希望之乡》是《典型的美国佬》的续篇,这部小说通过讲述拉尔夫·张的小女儿梦娜从八年级到结婚生子的成长历程,展示了多种族、多元文化语境下的美国社会和生活。梦娜一开始的时候认为自己是一个犹太人,因为她的父母在生意上很成功,家庭很富有,基于这种认识,她皈依了犹太教。后来为了逃离母亲的束缚,梦娜选择了离家出走,漂泊多年后嫁给一个犹太人,并生下了混血女儿,最终成了一个"真正"的犹太人。梦娜认为,在美国这块如天堂般的"应许之地",她可以像换衣服一样变化自己的族裔身份。她的这种观点与姐姐凯丽形成了鲜明的对比。凯丽一直认为自己是中国人的女儿,在言行举止上都以一个中国人自居。她改了中国名字,穿着中式的棉袄棉裤,并以自己是一个华人的后代而感到骄傲。小说体现了作家对多元文化的思考,在她看来,"尽管不同的民族之间存在着较大的文化差异,不同习俗之间也有着明显的冲突,但是各个民族之间是可以相互流动、渗透,是可以形成一个广泛的多元民族文化的"[1]。

① 毛信德.美国小说发展史.杭州:浙江大学出版社,2004:534

第二节　美国犹太裔小说的发展与创作

犹太人大量移居美国，让犹太文化成了美国文化中的一部分。随着犹太人在美国聚集，新一代犹太人的文化认同问题和社会地位问题成了犹太作家的关注焦点。20 世纪 50 年代后，一大批犹太作家以其独特的文学创作方式引起了美国文坛的关注。犹太裔小说常常将细致的描写和荒诞、象征、寓意性的概括相交融，从而表现美国的社会现实以及犹太人的命运与生存。在众多的犹太小说家中，影响较大的是伯纳德·马拉默德(Bernard Malamud，1914—1986)、索尔·贝娄(Saul Bellow，1915—2005)、艾萨克·巴什维斯·辛格(Isaac Bashevis Singer，1904—1991)和辛西娅·欧芝克(Cynthia Ozick，1928—　)。

一、伯纳德·马拉默德

(一)伯纳德·马拉默德的生平与创作概况

伯纳德·马拉默德(Bernard Malamud，1914—1986)生于纽约市布鲁克林区的一个俄国犹太移民家庭。中学毕业后进入纽约市立学院，后进入哥伦比亚大学学习并获得了文学硕士学位。毕业后曾在华盛顿人口调查局任职，后任教于一所高中。从 1949 年至 1961 年执教于俄勒冈州立大学，后到本宁顿大学和哈佛大学工作。1952 年，马拉默德发表了处女作《天生的运动员》，1957 年发表了代表作《店员》，引起了文坛的高度重视，之后又发表了长篇小说《新的生活》《费尔德曼的肖像》《杜宾的生活》《基辅怨》《房客》《上帝的恩惠》《部族人》等，短篇小说集《魔桶》《白痴优先》《拉姆布兰特的帽子》《马拉默德短篇小说集》等。其中《魔桶》曾获全国图书奖，《基辅怨》使他首次获得普利策奖、第二次全国图书奖,《上帝的恩惠》曾获美国文学书院颁发的小说金质奖章。1986 年 3 月,马拉默德不幸心脏病突发,与世长辞。

(二)伯纳德·马拉默德的小说分析

马拉默德的小说中成功地表现出了“犹太味”,同时“又超越自己这个成功的层面,追寻不分种族和信念的现代人的神话”[1]。在他的小说中,我们可以看到美国的犹太人和白人的种族冲突,以及犹太人和黑人的种族纠纷,这些冲突与纠纷被描写得十分生动,从而形成了一幅幅生动的画面,展现出了作者高超的表现技巧。在马拉默德众多的小说中,比较具有代表性的作品是《店员》《基辅怨》和短篇小说《魔桶》。

《店员》对犹太人的生活以及性格特点进行了集中描写,表现了马拉默德小说创作的中心主题,即“在‘只有爱才能照亮’的污秽的世界赎罪而获得新生”[2]。小说的主人公莫里斯·波贝尔是从俄国沙皇军队开小差逃到美国的犹太人,他居住在纽约市犹太移民的贫民窟中。与艾达结婚后,他开了一家杂货铺,终日起早摸黑,但生意却日益萧条,面临倒闭的危险。一天晚上,莫里斯经营的小杂货店要关门时,两个抢劫犯冲进店中,抢劫了小店,还因嫌钱少用手枪打伤了他的头。之后不久,来自意大利的浪荡青年弗兰克来到他的小杂货店,希望能被雇为店员。莫里斯一开始拒不收留,但当发现了弗兰克不堪的生活状况后同意他到店里工作。弗兰克对顾客和气,生意有所改进,但他有一天在钱柜偷钱时被莫里斯发现而被辞退,与此同时,莫里斯的小店因一家新经营的更大的店铺而受到破产的威胁。后来,莫里斯因煤气中毒住进医院,此时弗兰克又返回小店工作,并向莫里斯坦诚自己是之前的抢劫者之一,但莫里斯却说自己早已知道,可仍因不能原谅他在店里偷钱而又将他辞掉。不久,莫里斯死于肺炎,弗兰克再

---

① 杨仁敬. 20 世纪美国文学史. 青岛:青岛出版社,2010:519

② 常耀信. 精编美国文学教程. 天津:南开大学出版社,2006:322

次回到小店，做夜工支撑小店和莫里斯一家。慢慢地，他的表现愈来愈像莫里斯，仿佛已变成另外一个人。他后来还行了割礼，在逾越节后成为一个犹太人，皈依了犹太教。

《店员》出色地刻画了莫里斯这一人物形象，他是一个心地善良、待人诚恳、忍受生活煎熬的诚实犹太人。莫里斯富于同情心，带病在店门口扫雪，以方便过往的群众。但他在社会上受歧视，遭过流氓的抢劫，吃过合伙人诈骗的亏，赔光了老本，最后带着无穷的烦恼离开了人间。不过，作为一个虔诚的犹太教徒，他对自己的不幸遭遇逆来顺受，受苦成了他生活的一个主要特点，“他在为人类赎罪而受苦。这是他本性的善的部分。倘若他不善良，他早已像他的犹太邻居那样在物质生活方面富裕起来了”①，他的小店成了一座见不到阳光的监牢，他的身心完全被摧残了。莫里斯虽然在小店的经营上失败了，但在精神和道德方面获得了成功，弗兰克在他的影响下的转变就是最好的佐证。小说的艺术结构十分严谨，情节非常生动，对话简洁，诙谐幽默，有着浓厚的犹太语味道，还巧妙地在现代英语中融入了意第绪语的节奏和风趣的习语，吸收了海明威式的简洁明快的风格，读后给人回味无穷之感。

《基辅怨》以反犹太的沙皇俄国为背景，描写了1914年以前沙俄时代的犹太人的痛苦生活，对沙皇专制统治的腐败、残暴和排犹主义进行了无情揭露，也反映了下层犹太人要温饱、要正义、要自由的强大呼声。小说的主人公雅柯夫·博克是个穷苦的犹太孤儿，他出生的时候母亲就死了，父亲则在一次对犹太人的大屠杀中丧生。受外界环境的影响，雅柯夫始终都对外隐藏着自己出身于犹太家庭的秘密。后来，他进入俄国军队里服务，并学习了俄语、科技、算术、历史、地理等知识。雅柯夫一直努力工作，希望能够过上好日子，但他始终无法获得自己想要的生活。于是，

---

① 常耀信. 精编美国文学教程（中文版）. 天津：南开大学出版社，2006：324

他便怀着希望前往基辅。来到基辅后，他在雪地里救了一个反犹太人的砖厂老板尼古拉。作为报恩，老板让他到工厂里打工。在工厂中，他任劳任怨，埋头苦干，但却由于得罪了一个上司，而被诬告出于宗教目的杀害了一个小基督徒，在监狱中遭受了非人的折磨。但是他并没有向暴政屈服，而是坚持读书、思考、与他熟悉的人交流。慢慢地，他开始明白了责任的内涵，从内心认可了自己犹太人的身份。在被押赴法院受审途中，不少犹太人站在路旁看他，有的为他痛哭，有的向他招手，还有人呼唤着他的名字。

《基辅怨》主题深刻，形象鲜明，结构紧凑，文字简洁，时而抒情，时而讽刺，富有幽默感。作者将现实主义的描述与浪漫主义的想象巧妙地结合起来，产生巨大的艺术魅力。雅柯夫成了马拉默德塑造最成功的形象，被评论界称赞为“美国现代文学中描写最充分的人物之一”。

《魔桶》表现的仍旧是犹太人的生活。小说的主人公宾尼·沙兹曼以介绍婚姻为职业，好辞令，还爱耍滑头。当犹太法学博士生列奥·芬尼克为接受圣职进而赢得较多的教众而决定结婚时，他找到了宾尼，希望宾尼为自己介绍对象。宾尼为列奥介绍了两个女人，但都不能令他满意。一天，宾尼故意将自己女儿的照片混在几张女人照片里，然后一起装在信封里给了列奥。开始的时候，列奥并没有看这些照片，后来，在偶然之中，列奥打开了信封，并被其中的一张照片深深地吸引了。列奥向宾尼打探照片中的人的消息，宾尼却总是不肯透露，这反而引起了列奥的好奇。在列奥的紧追之下，宾尼假装失口，他告诉列奥，照片上的人是他的女儿，但是这个女儿已经“死”了，因为她耐不住贫穷去卖淫了。听到这一消息的列奥受到了严重冲击，开始进行思考和自我审视。后来，他发现自己虽然熟读犹太法典却心中没有上帝，自己没有人爱且没有爱人之心。当他发现这一点时，他决定去救赎宾尼的女儿。小说结尾时，列奥手持一束鲜花去向宾尼的女儿求婚。

在《魔桶》中，马拉默德成功塑造了那些备受命运摆布，却不肯屈服于命运的小人物形象。小说中对宾尼这一人物形象的塑造是十分成功的，也体现了马拉默德的艺术匠心：在内容上，这一人物既是小丑，又是列奥思想成长的必要手段，如果没有宾尼，列奥不会去审视自己的内心；在技巧上，这一人物活跃了故事本身所决定的低沉气氛。另外，小说以其内在的幽默缓和故事的荒诞性其及所涉及的思想痛苦程度，受到了评论家的高度赞扬。

总之，马拉默德小说是将犹太人作为人类的普通成员来看待的，写出了他们生活的艰辛以及不屈不挠的精神。在艺术手法上，他采用了电影喜剧的表现手法，并使用了意第绪语，形成了自己的独特风格。

二、索尔·贝娄

(一)索尔·贝娄的生平与创作概况

索尔·贝娄(Saul Bellow，1915—2005)出生于加拿大魁北克省拉辛的一个俄国犹太移民家庭，1924 年随父母移居到美国芝加哥。1933 年，贝娄考入了芝加哥大学。两年后转入伊利诺伊州埃文斯顿的西北大学，获得社会学和人类学学士学位。随即又赴麦迪威的威斯康星大学攻读硕士学位，毕业后回到芝加哥，成为一名社会学教师。第二次世界大战爆发后，他作为预备役军官应征入伍，被分配到海上运输船队工作，战争结束后重回教师队伍。

在进行教学的同时，贝娄积极进行文学创作。1944 年，贝娄发表了自己的处女作《晃来晃去的人》。在这之后，他又创作了《受害者》《奥吉·马奇历险记》《降雨大王汉德森》《赫尔索格》《赛姆勒先生的行星》《洪堡的礼物》《院长的十二月》《越来越多的人死于心碎》《拉韦尔斯坦》等长篇小说，《只争朝夕》《莫斯比的回忆》等中短篇小说集，以及《破坏者》《最后的分析》等五部剧本。其中，《奥吉·马奇历险记》荣获 1954 年的美国国家图书奖，《赫尔索格》荣获 1964 年的美国国家图书奖和国际文学奖。《赛姆勒先生的行星》荣获1970年的美国国家图书奖。1976年，凭借优秀的创作，贝娄获得了诺贝尔文学奖。2005年4月5日，索尔·贝娄死于美国马萨诸塞州布鲁克林的家中，享年89岁。

（二）索尔·贝娄的小说分析

贝娄的小说中的主要人物几乎都是犹太人，故事往往以纽约、芝加哥这样的大都市为背景。他很清楚地了解自己的犹太传统，把犹太人的处境视为讨论人类生存状况的暗喻。他喜欢采用自传体的叙事模式，通过日记或信件来展露人物的内心世界，实现对这些人物精神层面的探索。在他的小说中，我们可以看到有关权力与死亡、成功与失败、家庭的破裂与人性的关系的混乱等诸多的主题。在他众多的小说作品中，比较具有代表性的是《奥吉·马奇历险记》《赫尔索格》和《洪堡的礼物》。

《奥吉·马奇历险记》通过记录奥吉·马奇的生活经历展现了美国社会的真实情况。奥吉自幼年时起就受到外部控制的威胁，他一生的所作所为就是拒绝让人挟制。他生活在大城市中，干过各种各样的杂工，参与过抢劫，见过性变态、卖淫打胎、政治交易和黑市买卖。他做事一向遵循自己的信条，喜欢无拘无束，按照自己的方式生活，逃脱那种固定的生活方式。他总是梦想着能娶一个可爱的妻子，在某处“私有的绿色地方”做些农活，养殖蜜蜂等。但他的田园式梦想从来没有实现过。最后他自诩是个发现社会真相的“哥伦布”，对一切罪恶无能为力，只能一笑置之。小说以第一人称的形式写成，其中充满了滑稽幽默、讽刺和感伤色彩，揭示金钱主宰一切的社会本质，具有一定的社会意义。

《赫尔索格》是一部表现犹太知识分子精神危机的作品。主人公摩西·赫尔索格是48岁的犹太历史学教授，为人正派，事业有成。他立志要写出一本关于历史学的巨著，但生活却总是和他开玩笑。他之前有过一次失败的婚姻，而第二个妻子竟然和他的好朋友吉斯巴茨勾搭上了。一气之下，赫尔索格又离了婚，但这次却使他连同职业、财产和房子一起丢了，连亲生女儿也见不到了。于是，他的心中积压了越来越多的忧郁，但因无处发泄只好靠写信来排遣。他写了无数封信，有的写给朋友，有的写给对手，有的写给政客，有的写给他往日的情人，有的写给死去的名人，甚至有的写给他自己，讨论了让他发疯的社会不平等、贫穷、失业、政治黑暗、工业污染、种族冲突、犯罪、暴力以及普遍存在的惊人的痛苦。但这些信没有一封被寄出。慢慢地，摩西的精神濒于崩溃的边缘，成了一个落难“英雄”，可怜又可笑。小说通过摩西精神崩溃的过程揭露了外界环境是如何对人的内心世界产生影响的，展现了 20 世纪 60 年代美国的社会风貌以及现代社会中人文精神支撑点的动摇。另外，从摩西所写的信件中我们可以看到摩西内心的不安和对世界的不理解，这些信件也从另一个角度表明现代生活的复杂性已经超出了哲学的解释范畴。

《洪堡的礼物》以美国芝加哥和纽约为背景，讲述了老诗人洪堡和新作家查理·西特林两位犹太人由朋友变为仇敌的过程和两人不同的生活道路。小说以查理·西特林回忆往事的方式渐渐展开。查理是出身于犹太中产阶级的知识分子，因得到著名诗人洪堡的帮助和提携而成为著名的戏剧家和传记作家。但是成名之后，查理却与洪堡成了敌人。面对沦落街头的洪堡，查理并没有伸出援助之手，洪堡最终因病去世了。查理虽然成名了，但是他的生活状况却并没因此而变好，他的情妇另结新欢，文化掮客欺骗他，黑手党恐吓他。在查理山穷水尽之际，他得到了洪堡遗赠给他的礼物——两部剧本提纲。他用这份礼物换了一笔钱，一部分用来重葬去世的洪堡，另一部分作为自己开始新生活的资本。

通过洪堡和查理两位作家的遭遇，《洪堡的礼物》展现了美国广阔的生活画面，并刻画出了形形色色的人物，如总统、议员、流氓、歹徒、骗子等。同时，小说还深刻地揭露了物欲横流、金钱至上和忽视文化、精神空虚的社会风尚，淋漓尽致地表现了 20 世纪 60 年代美国光怪陆离的社会现象。

总之，贝娄将关注的焦点放在了美国社会中犹太人特别是犹太知识分子的内心世界上，对美国社会的精神危机进行了揭露，展现了处于尴尬时代的广阔而生动的美国社会生活图景。

三、艾萨克·巴什维斯·辛格

（一）艾萨克·巴什维斯·辛格的生平与创作概况

艾萨克·巴什维斯·辛格（Isaac Bashevis Singer，1904—1991）生于波兰东部的拉德兹明，祖父和父亲都是犹太教的“拉比”（即老师）。4岁时，他们全家移居华沙犹太人居住区。辛格的父亲从小就对他进行了犹太教育，后又送他入犹太神学院学习希伯来语和意第绪语。12岁的时候，辛格阅读了《福尔摩斯探案集》和陀思妥耶夫斯基的《罪与罚》，立志要成为一个作家。

1923年他从华沙大学神学院毕业后，违背其父的意向，走进了华沙犹太人文学界。他哥哥是个记者和作家，对他影响较大。1935年，辛格写了模仿《圣经》题材的《撒旦在戈莱》。同年，他和哥哥移居美国纽约，担任意第绪语的《纽约前进日报》编辑，开始用绍夫斯基的笔名发表作品。1940年他娶了美国姑娘阿尔玛·哈曼，3年后加入美国籍。从此以后，他创作了以犹太社会生活为主要题材的长短篇小说、剧本、回忆录和少儿故事集30多部，全部用意第绪语写就，大部分已译为英文，英译本都经辛格亲自审校。长篇小说主要有《莫斯卡特一家》《卢布林的魔术师》《奴隶》《庄园》《地产》《情敌：一个爱情故事》和自传体小说《萨莎》及其续集《意第绪语的信仰和怀疑》。接着问世的有描写第二次世界大战前波兰犹太人贫民窟生活的《忏悔者》和《下贱的人》。他谢世后又出版了长篇小说《证书》和《怪人》。在短篇小说方面，他创作了《傻瓜吉姆佩尔》《市场街的斯宾诺莎》《短促的礼拜五》《集会》和荣获美国国家图书奖的《羽毛的王冠》等。1991年，辛格因病去世。

(二)艾萨克·巴什维斯·辛格的小说分析

从整体上看,辛格笔下的主人公大多数是贫困的犹太小人物,如屠宰手、面包师、魔术师、扫烟囱工人、犹太拉比、作家和艺术家等。他们勤劳朴实,却常受嘲弄,命运曲折多舛,难以生存。从题材上分,辛格的小说主要可以分为两类,一类是以犹太社会的历史发展和它在现代文明压迫下的解体过程为基本内容的历史小说,另一类则是以犹太人的思想、爱情、生活、命运、宗教信仰为基本内容的社会小说。前者以《莫斯卡特一家》为代表,后者以《卢布林的魔术师》为代表。

《莫斯卡特一家》讲述了莫斯卡特一家的兴衰,展现了20世纪30年代末犹太民族命运的变迁,揭示了古老的犹太民族的价值和它随着法西斯主义、世俗主义和现代科学的产生和发展而遭到逐步毁灭的过程。小说中写道:

> 赫兹·耶诺弗突然流下了眼泪。他拿出一块黄手帕擤了一下鼻子。他的脸上露出了羞愧的神情。"我已经没有力量了。"他抱歉地说,犹豫了片刻之后,他突然用波兰语说:"弥赛亚就要来了。"
>
> 阿瑟·赫肖尔惊讶地望着他,"你这是什么意思?"
>
> "弥赛亚已经死了,这就是确凿的真理。"

《卢布林的魔术师》讲述的是19世纪末在波兰的卢布林省中发生的故事。小说的主人公雅夏·梅休尔是一个以变魔术为职业的犹太人。他从小生活在一个虔诚的犹太教徒家里,由于母亲早死,他仅读了几年小学就到外乡谋生。在成了一名魔术师之后,雅夏生性好色的本质日益暴露。他几次抛弃妻儿与别的女人勾搭,为了达到与教授的寡妻埃米莉亚出国私奔的目的,竟去撬别人家里的保险箱,结果偷窃未成反而摔坏了一条腿。接着,原先的几个情人自杀的自杀、堕落的堕落,他自己也走投无路,最后只得回到家乡,在禁锢的小屋里忏悔自己的罪孽,以求上帝和他妻儿的宽恕。后来，在妻子的帮助下，雅夏最终回归了善，成了虔诚的救赎者，并重新以魔术师的身份在当地演出了。

《卢布林的魔术师》最大的成功之处在于塑造了雅夏这样一个遭到种族歧视却无法摆脱陋习而又受到宗教观念束缚的下层犹太人的形象。在雅夏身上我们可以体会到人性的复杂性，他经历了善与恶、理智与情欲、科学与宗教、感情与私念的斗争，最终，他选择了善，这表明通过虔诚的信仰，人是可以被救赎的。

总之，辛格的小说创作忠实地继承了欧美19世纪现实主义和浪漫主义的文学传统，并吸收了犹太人的神话、民间传说和意第绪语的精华，生动地描绘了第二次世界大战前后犹太人在欧洲和美国的不幸遭遇，唤醒了人们对犹太人的关心，丰富了当代的西方文明。

四、辛西娅·欧芝克

（一）辛西娅·欧芝克的生平与创作概况

辛西娅·欧芝克（Cynthia Ozick，1928—　）出生于纽约的俄国犹太移民家庭，成长于布朗克斯区的派尔汉姆湾地区。在俄亥俄州大学攻读硕士学位期间，她对亨利·詹姆斯进行了研究。这对她的文学创作产生了一定的影响，她总是自觉或是不自觉地将詹姆斯的文学审美观念运用到自己的小说作品中。

1971年，欧芝克发表了第一部短篇小说集《异教徒拉拜》，描写了众多犹太移民知识分子在美国的艰辛生活，引起了文坛的高度注意，之后又发表了《一群吃人生番》《流血：三个中篇小说》《飘浮：五部小说》《斯德哥尔摩的弥赛亚》《披巾》《信任》《普特梅瑟的文件》《闪亮世界的后嗣》等小说作品，以及《艺术与情欲》《比喻与记忆》《比喻与神话》《名誉与愚蠢》和《争吵与窘境》五本论文集，还创作有剧本《蓝光》等。

（二）辛西娅·欧芝克的小说分析

作为犹太裔女作家，欧芝克以女性独特的视角展现了犹太女性的命运。在她的小说作品中，《披巾》是她的代表作。

《披巾》讲述了发生在德国纳粹集中营中的故事。小说的主人公罗莎用随身携带的披巾包裹着自己的孩子玛格达，使她整整十五个月都没有被人发现。这条披巾有一个神奇的作用，婴儿只要吮吸披巾的一角就可以为她提供三天三夜的营养，并且披巾本身还会散发出肉桂和杏仁香气。但后来，罗莎的侄女斯特拉因感到寒冷而把包裹着玛格达的神奇披巾拿走了，导致玛格达被德国士兵发现，并将她扔到了铁丝网上。而看到这一幕的罗莎无能为力，只能将披巾塞到嘴里防止发出声音，以防自己也被杀掉：

> 如果她去捡玛格达的柴火棍似的尸骨，他们会开枪的，如果她让沿着她骨架子升上来的痛苦的尖叫爆发出来的话，他们会开枪的。于是，她接住玛格达的披巾，用它堵住自己的嘴，往嘴里塞进去，使劲地填进去，直到她咽下了恨的尖叫，尝到了玛格达口水的深深的肉桂和杏仁的香味，罗莎吮吸着披巾直到它干枯了。

在《披巾》中，作家用了很大的篇幅描写了玛格达的可爱和格外懂事，即使在饥寒交迫的情形下也不哭不闹，反而还会常常露出笑容，并乖乖地在披巾里待着。但没过多久，作家就将玛格达可爱的面纱撕开了，从而将一个真实得令人悲哀的残疾儿展现在了读者面前。原来，玛格达既聋又哑，而且智力有问题，只知道傻笑、抓、踢和咬，根本就不能发出声音哭泣。到这里，悲哀已让人难以平息，但作家仍没有停下她的笔，而是以近乎残忍的笔触叙述了玛格达的死，然后将小说戛然而止。这样一来，通过强烈的对比，德军的残忍和罗莎的悲痛被深刻地表现了出来。

第三节　美国非裔小说的发展与创作

非裔在美国是一个不容忽视的族群。18世纪末的时候，美国开始出现了一些黑奴自述、自传类的作品，1853年，第一部由美国黑人创作的小说《克洛托尔；或总统之女：美国黑奴生活记述》在英国出版。1857年，美国本土出现了由黑人作家弗兰克·韦伯所创作的《盖瑞一家和他们的朋友》。南北战争结束之后，非裔获得了自由。随着20世纪20年代哈莱姆文艺复兴运动的兴起，非裔的小说创作迎来了小高潮。到了30年代，哈莱姆文艺复兴运动所产生的黑人小说作品不再流行了，但由它的精神所培育的理查德·赖特(Richard Wright，1908—1960)脱颖而出，成为美国非裔小说的优秀代表作家。第二次世界大战以后，美国非裔小说的创作继续保持着发展的势头，并涌现出了一大批的优秀作家，如詹姆斯·鲍德温(James Baldwin，1924—1987)、托妮·莫里森(Toni Morrlson，1931—　)、艾丽斯·沃克(Alice Walker，1944—　)等，在他们的推动下，非裔小说成为美国小说中的重要组成部分。

一、理查德·赖特

(一)理查德·赖特的生平与创作概况

理查德·赖特(Richard Wright，1908—1960)出生于密西西比州纳茨兹镇的一个贫穷的黑人佃户家里，祖辈都是奴隶。他从小生活在耻辱和恐惧之中，受尽了种族歧视的凌辱。5岁时父亲出走，而母亲卧床不起，他一度寄居在亲戚家和孤儿院。1925年，他到孟菲斯当杂工，自谋生路。1929年，他为摆脱南方白人的统治并寻求发展自我的机会，来到了芝加哥，一住就是十年。在这期间，他开始接受马克思主义学说并加入了美国共产党，认识到了资本主义和种族主义是黑人的敌人，还结识了不少左翼作家，这对他的思想和文学创作都产生了积极的影响。1937 年，赖特移居纽约，任美共机关报《工人日报》哈莱姆区编辑。1938 年赖特发表了小说《汤姆叔叔的孩子们》，获得了评论家和读者的好评。1940 年又发表了长篇小说《土生子》，引起了各界强烈的反响。之后又发表了《生活在地下的男人》《黑孩子》《局外人》《黑人的力量》《八个男人》《今日的主》《美国的饥饿》等小说作品。1960 年，赖特因病去世。

（二）理查德·赖特的小说分析

赖特的小说侧重于描写被压迫黑人的痛苦生活，用生动、洗练的手法塑造了众多鲜明有力的艺术形象，有着非常感人的激情和震撼人心的力量。他的代表作品是长篇小说《土生子》。

《土生子》分为《恐惧》《逃跑》和《命运》三个部分，以 20 世纪 30 年代的芝加哥为背景，描写了黑人青年比格因在无意中将白人小姐玛丽·道尔顿杀死而被判处死刑的故事。《恐惧》讲述了比格杀死玛丽的过程。比格因为贫穷而结伙抢劫，后经慈善组织的介绍，到富有的白人道尔顿先生家做司机兼烧锅炉工。一天深夜，他开车送道尔顿先生的独生女儿玛丽小姐回家时，因其喝得烂醉如泥不能走路，只好将她抱回房间。这时，双目失明的道尔顿太太出现在房间门口，使得比格惊恐万状，害怕被发现而背上半夜闯入白人小姐房间的可怕罪名，于是用枕头将玛丽的嘴堵住以防止她发出声音。不料，他因用力过猛将玛丽闷死了。这时他急中生智，将玛丽的尸体扔到了地下室的火炉里，企图焚尸灭迹。同时，他又写了一封匿名信，将玛丽的死嫁祸到她的男友、共产党员简·厄尔隆身上。《逃跑》讲述了比格逃离道尔顿先生家之后发生的事。离开道尔顿先生家之后，比格找到了他的情人——黑人姑娘蓓茜，并向她说了自己杀死玛丽的事情。可是，他又担心蓓茜会向警察举报他，于是用砖头活活将她砸死了。《命运》讲述了比格被警方抓住之后的事。虽然在审判过程中，共产党员辩护律师麦克斯竭力为比格辩护，但是他仍没有逃脱被处以电刑的命运。

《土生子》成功地塑造了比格这一形象，“他以一个完全崭新的形象出现于现代美国文学史上。当白人社会的残酷统治发展到极点、被奴役的黑人再也无法忍受时，他们就要反抗。比格·托马斯的暴力行为就是一个先兆。他单枪匹马向整个白人社会发动了一场战争。他杀死的虽然只是一个白人小姐，但他的行为却震撼了全芝加哥、全美国，使白人统治者惊慌无措，瞻望前景，不寒而栗。他为此而感到高兴和自豪，因为他终于发现了自我，一个在白人眼里不是人，而只不过是一个‘畜生’的他，终于找到了自身的价值。此时的比格·托马斯已不再是白人的奴隶，他已经变成了自己的主人、自己的上帝”①。通过比格的遭遇，作者揭露了美国社会的不公正及法律对黑人的歧视。小说在艺术手法方面颇有特色，作者运用了哥特式小说的手法，对犯罪的场景和恐怖气氛进行渲染，同时还运用了象征的手法，增加了小说的悬念。另外，在语言方面，小说也很有特色，里面充满了黑人所使用的语言，对话也十分具有戏剧色彩。

二、詹姆斯·鲍德温

（一）詹姆斯·鲍德温的生平与创作概况

詹姆斯·鲍德温（James Baldwin，1924—1987）出生于纽约市的哈莱姆区，由母亲和继父牧师抚养长大。他从小爱看书，上高中时开始练习写作。18 岁时离家到新泽西打工，看到了一些种族冲突。1944 年时与黑人作家赖特相识，在他的影响下走上了一条以反映黑人真实的思想感情为己任的文学创作道路。

---

① 常耀信. 精编美国文学教程（中文版）. 天津：南开大学出版社，2005：400－401

1953年,鲍德温发表了自己的第一部长篇小说《向苍天呼吁》,引起了文坛的重视。之后又陆续发表了《乔万尼的房间》《另一个国度》《告诉我火车开走多久了》《假如比尔街能够说话》《就在我的头顶上》等长篇小说,以及《去见那个男人》等短篇小说集。1987年时,鲍德温在法国的圣保罗市去世。

(二)詹姆斯·鲍德温的小说分析

与其他非裔小说作家相比,鲍德温虽然也描绘了黑人解放事业的历史进程,对黑人的命运进行了关注,但是他在写作的过程中融入了更多自己的生活感受。他的小说通常运用西方现代派的表现手法和存在主义哲学以及弗洛伊德精神分析法来展现种族矛盾。这在他的代表作《向苍天呼吁》和《另一个国度》中表现得尤为明显。

《向苍天呼吁》通过描写格莱姆斯一家的冲突,对新旧两代黑人的精神痛苦进行了深刻反映。小说共分为三个部分。在第一部分"第七日"中,鲍德温通过对约翰刚刚睡醒后的内心活动的描写,介绍了格莱姆斯一家的状况、约翰的家庭中压抑的宗教气氛以及他和父亲之间亲情的缺乏。在第二部分"教徒的祈祷"中,鲍德温通过弗罗伦斯、加布里埃尔和伊丽莎白的祈祷展现了他们三人对过去的回忆,但回忆有时会被教堂中发生的事情所打断,从而形成了过去和现在的交错。在第三部分"打谷场"中,约翰在教堂悔罪,最终皈依了宗教。

在这部小说中,鲍德温描写了家庭物质的贫困、继父的冷酷,以及宗教、歧视等对黑人所产生的影响,塑造了一个努力寻找出路的黑人形象,表现了他内心超越自我的希望。

《另一个国度》是围绕着黑人兄妹鲁弗斯·司各特和艾达·司各特之间的故事而展开的。鲁弗斯是一个在哈莱姆地区长大的英俊而有才的黑人鼓乐手,十分仇视白人社会。但是,他又与白人女子利昂娜私通,主动追求白人小说家理查德的妻子凯斯,甚至还与白人男子艾利克保持同性恋关系,但最终,他因失业以及难以忍受的精神痛苦选择从华盛顿大桥上跳入河中结束自己的生命。艾达是一个黑人歌手，在失去兄长后悲痛不已。而此时，白人作家维瓦尔多对她十分关心，使她感受了温暖，于是选择和维瓦尔多同居。不过，两人在种族问题方面存在着完全不同的看法，因而常常发生矛盾。后来，维瓦尔多抛弃了艾达去追求凯斯，而艾达既成了电视制片人，又成了白人史蒂夫的情人，并重操她的歌女旧业。

在这部小说中，鲍德温通过黑人与白人之间的爱情和性关系对当时美国社会存在的种族矛盾进行了深刻反映，并探索了种族、文化、社会阶层和人类哀伤的各种可能的结合，以此揭示了“这些因素的相互作用对人物深藏的、心灵中最隐秘的思想感情，特别是有关种族和性取向上极度敏感的感情所造成的影响”①。

三、托妮·莫里森

（一）托妮·莫里森的生平与创作概况

托妮·莫里森（Toni Morrlson，1931—　）是美国非裔小说家中的佼佼者，出生于俄亥俄州罗兰镇，父亲当过洗车工、钢铁厂铸工、修路工和造船工，母亲在家料理家务，常去教堂唱圣诗。莫里森从小热爱学习，高中毕业后升入霍华德大学，1953 年获英美文学学士学位。之后到康奈尔大学英文系读研究生课程，研究福克纳和弗吉尼娅·伍尔夫，并于 1955 年拿到了硕士学位。毕业后先到德克萨斯南方大学任教，后到母校霍华德大学教书。不久和哈罗德·莫里森相爱并结了婚，先后生了两个男孩。空余时间参加作家研修班，悄悄地拿起笔，练习写作。1964 年离开了母校而且离了婚。从 1965 年起在纽约兰登书屋做编辑，编辑了不少的

① 王家湘. 20 世纪美国黑人小说史. 上海：译林出版社，2006：199

书籍，其中最有影响的是《安吉拉·代维斯自传》和《黑人书选》这两部介绍黑人历史和文化的选集，内容包罗万象，适应面很广。这段经历为她进行小说创作打下了基础。

1970 年时，莫里森发表了自己的第一部小说《最蓝的眼睛》，引起了评论界的高度关注，她也因此一举成名。之后又发表了《秀拉》《所罗门之歌》《宠儿》《沥青娃娃》《天堂》等小说。1993 年，莫里森因作品“生动展现了美国现实中一个极为重要的方面”而获得了诺贝尔文学奖。

（二）托妮·莫里森的小说分析

莫里森的小说反映了“黑人在美国社会中，在他们各自生活的环境和集体中，在被种族歧视扭曲了的价值观的影响下，对自己生存价值及意义的探索”①。她指出，黑人只有保持自己的文化传统和价值观念，才能够有属于自己的生活。她的这种观点在《最蓝的眼睛》和《秀拉》中得到了淋漓尽致的展现。

《最蓝的眼睛》通过讲述黑人小姑娘佩柯拉·布里德拉夫的不幸命运，反映了世世代代的黑人在种族歧视的社会中寻找自我价值、希望过人的生活的努力的失败。佩柯拉只有 11 岁，她的父母经常吵架，同学对她也不友好，她认为造成这一切的原因是自己皮肤太黑，没有一双人见人爱的秀兰·邓波儿那样的蓝眼睛。只要自己皮肤白皙，有一双蓝眼睛，那么她就会变得美丽可爱，父母就会爱她，再不会吵架，家里就会安静多了，邻居的小孩也会爱跟她玩，长大后也可以有一份好的职业。然而现实是残酷的，有一天，醉酒的父亲强奸了佩柯拉，佩柯拉因此而怀孕。怀孕后的佩柯拉向牧师寻求帮助，但牧师却嫌弃她又丑又黑不肯予以帮助，这使得佩柯拉大失所望，不久便因分娩时婴儿的死亡而发了疯。此后，她就生活在了一个虚幻的世界中，在那里，她有着一双最蓝的蓝眼睛，成了最可爱的姑娘。

---

① 王家湘. 20 世纪美国黑人小说史. 上海：译林出版社，2006:408

《最蓝的眼睛》体现出了莫里森对美国黑人遭遇的思考。佩柯拉的母亲波林和科利结婚以后，从南方农村老家来到俄亥俄州的小城中生活，成了这个小城中的一个外来者。她在这里没有朋友，丈夫又成天不在家，这让她产生了极大的异化感。为了消磨时光，她看了很多的电影。在这些电影的影响下，她认为自己的丈夫又黑又丑，自己的女儿佩柯拉也又黑又丑，自己的家又脏又破，于是，她不断地与丈夫争吵，同时也丝毫不关心女儿。佩柯拉的父亲科利身强力壮，本想从南方迁居北方后能够找个好出路，但到了俄亥俄州后却感到失望，因为整个社会对黑人的另眼看待，生活的不如意让科利开始用酒精麻醉自己，小说写道："现在没有任何东西、没有任何东西能够激起他的兴趣了。只有在酒中才有一些变化，才有一下光明，而在之后便是忘却。"在酒精的作用下，科利做出了乱伦之事，造成了佩柯拉的悲剧。

《秀拉》通过描写生活在20世纪二三十年代的一个极为贫穷的黑人聚居区的两个黑人姑娘内尔·赖特和秀拉·皮斯的友谊、成长以及她们以后的不同命运，反映了黑人妇女中或因袭传统或突破创造的两种不同生活观，表现了黑人妇女在种族及性别双重歧视下的悲惨生活，并对社会群体对个人追求自我实现的影响进行探索。内尔是因袭传统的代表，她在父母的管束之下，不敢越传统习俗之雷池，过着平淡的日子。秀拉则是突破传统的代表，受家庭环境的影响，秀拉从小就有着反抗精神。她的外祖母夏娃曾将自己的一条腿伸进飞驰而来的火车轮下，用得到的赔偿金养大了自己的三个孩子。外祖母的这种生活态度对秀拉产生了很大影响，长大之后，秀拉"将夏娃的蛮横乖戾和汉娜的自我放纵融于一身，'信马由缰地听任自己的思想和感情暴露无遗；除非别人的愉快能带给她欢乐，否则她绝不会承担取悦他人的义务。她甘心体验痛苦，她也甘心让别人痛苦；她愿意体验愉快，她也愿意使别人愉快'，'她完全看破了红尘，对金钱、财产或别的东西全都无动于衷'。她没有自我，没有中心，成了一个无视社会传统、一味我行我素的自由自在的女人”[①]。在外面闯荡了十年、走遍了各大城市的秀拉发现自己所到之处都不过是更大的“底层”罢了，男人们对她只有性欲。她和各种男人睡觉，被她引诱和她上过床的男人不计其数，甚至包括好朋友内尔的丈夫裘德，而且她和他们睡上一次就再也不理睬了。秀拉在生病之后，只有内尔来看过她，并且为她料理了后世，为她送葬。最终，因袭传统的内尔活了下来，而突破传统的秀拉的生命则在一闪后熄灭。

在《秀拉》中，莫里森展示了自己种族主义的揭露与批判，秀拉生活的梅德林虽然位于城市的高处，但这里的房屋低矮破旧，街道肮脏狭窄，被白人恶意地称作“底层”。这就意味着无论黑人住在多高的地方，在白人种族主义者心里他们永远生活在底层。作为黑人无论怎么努力也过不上白人那样的生活，仿佛他们就注定了低下，永远不能也不该和白人过得一样。此外，莫里森还对黑人妇女的不幸遭遇进行了深刻的描写。她们不仅要承受种族歧视，而且要忍受来自黑人男性的压迫。她们不断地改变自我、服从并顺应男性传统，最终失去了自我。最糟糕的还不在此，而在于这些黑人妇女并没有对此幡然醒悟，反而坚定不移地维护着这种陈腐传统，因而她们既是“传统”的受害者，又是这一“传统”势力的组成部分。这就更充分地说明了社会对黑人女性的摧残。

四、艾丽斯·沃克

（一）艾丽斯·沃克的生平与创作概况

艾丽斯·沃克（Alice Walker，1944—　）出生于美国南方佐治亚州伊顿镇的一个黑人农家，父亲是个佃农，母亲当过佣人，生活清贫。她从小就承担全部家务劳动，过着贫困而孤独的生活。

① 刘建军. 20 世纪西方文学（第 2 版）. 北京：高等教育出版社，2007：277

8 岁时不幸瞎了一只眼睛，但因当时付不起医疗费，过了好久才去动手术，这促使她从小就产生了顽强奋斗求生存的信念。在大学学习期间沃克就已经开始诗歌创作，1965 年完成了她的第一部诗集《一度》，不久又发表了第二部诗集《革命的牵牛花》。之后，沃克转向了小说创作，且著述颇丰，有《爱的烦恼》《在爱情与麻烦中》《你征服不了女人》等短篇小说集，《格兰奇·科帕兰的第三次生命》《梅丽迪恩》《紫色》《我那小精灵的殿堂》《拥有快乐的秘密》《在我父母微笑的灯光旁》等长篇小说。为了表达对沃克文学成就的敬意，2006 年 12 月，加利福尼亚州州长施瓦辛格亲自主持仪式，将沃克的蜡像安置在加利福尼亚州名人堂。

（二）艾丽斯·沃克的小说分析

沃克的小说反映了黑人妇女的不幸，并着重对她们受到的迫害、她们精神上的重负、她们的坚定忠贞以及她们战胜逆境的勇气进行了表现，在她的众多的小说中最具代表性的作品就是《紫色》。

《紫色》描写了一个黑人女子从童年到中年的遭遇，并在此过程中获得感情上和性格上新生的故事。小说的主人公茜莉 14 岁的时候被继父奸污成孕，所生的两个孩子被继父抢走不知去向，多病的母亲因不了解真相而被活活气死。茜莉通过写信将自己的不幸遭遇告知上帝，以寻求安慰。但是这并没有起到什么作用。后来，茜莉被迫嫁给一个有 4 个小孩的鳏夫阿尔伯特。在阿尔伯特眼中，茜莉不过是女仆和泄欲的工具。茜莉受尽折磨，却逆来顺受，俯首帖耳，默默地操劳着，将一切照料得井井有条。她仍然不断地给上帝写信将自己内心的苦闷、不幸和悲伤说给上帝听。阿尔伯特的情妇莎格因为生病搬到了茜莉家中。在茜莉的照顾下，莎格的病逐渐好转了，她与茜莉之间产生了友谊。在莎格的帮助下，茜莉逐渐有了自我意识的觉醒。通过莎格的努力，茜莉得到了多年前为了逃离继父和 X 先生的魔掌而离家出走的妹妹艾蒂的一封信，才知道原来艾蒂一直都在写信给她，而这些信都被X先生私自扣下了。这使得茜莉在愤怒中幡然醒悟，男人与白人都是阴险狠毒的。觉醒后的茜莉离开了阿尔伯特和莎格去了孟菲斯，开了裁缝铺。随着经济上的独立，茜莉也成为具有独立人格的新女性。在小说的最后，茜莉的继父死了，她得到了生父留下的遗产。同时，她也原谅了阿尔伯特，两人言归于好，平等相处。另外，失散多年的艾蒂跟丈夫带着茜莉的一儿一女两个孩子从非洲平安归来。全家一起欢庆大团圆，愉快地走向新的生活。

在这部小说中，沃克指出，不彻底改变种族歧视和男权主义，美国社会是根本不可能获得发展的，而且，黑人女性要想获得应有的尊严，必须要自立自强。小说以倒叙破题，直叙与插叙相结合，形成多角度的叙述，而第一人称和第三人称交叉使用，使整个故事有起有伏，引人入胜。在小说中穿插着很多书信，这些书信使小说具有了强烈的超现实性与诗意。在语言方面，这部小说采用了美国南方黑人农民的口语，乡土气息浓，人物对话简洁，富有个性。

第四节　美国印第安裔小说的发展与创作

早在18世纪下半叶，美国印第安裔文学的创作就已经出现，但第一部印第安裔小说直到1899年才出现。到了20世纪30年代，出现了一批印第安裔小说家，他们的创作为印第安裔小说的繁荣打下了坚实的基础，其中D.阿塞·麦克尼科尔(D'Arcy McNickle,1904—1977)的创作尤为引人注目。到了20世纪60年代末70年代初，印第安裔小说的创作出现了转机，斯科特·莫马迪(Scott Momaday,1934—　)、詹姆斯·韦尔奇(James Welch,1940—　)、莱斯莉·马尔蒙·西尔科(Leslie Marmon Silko,1948—　)、路易斯·厄尔德里奇(Louise Erdrich,1954—　)等一些印第安青年小说家开始走上文坛。他们刻意对印第安人的“身份"和"归属"问题进行探讨，促进了印第安小说创作的繁荣，重建了印第安文学。限于篇幅，在这里，我们主要对斯科特·莫马迪和路易斯·厄尔德里奇的小说创作进行分析。

一、斯科特·莫马迪

（一）斯科特·莫马迪的生平与创作概况

斯科特·莫马迪（Scott Momaday，1934—　）出生于俄克拉何马州洛顿镇，父亲是基奥瓦族人，母亲是个混血儿，父母都是画家，还当过印第安小学教师。莫马迪在耶木齐族长大，曾留学国外，后在斯坦福大学获博士学位，近年来在亚利桑那大学当教授，并为一些大杂志撰写诗歌和评论。

莫马迪既是小说家，又是诗人和画家。1965 年编辑出版《弗列德里克·戈塔德·塔克温诗歌全集》，同年又发表了《通往雨山之路》和《黎明之屋》两部小说。其中，《黎明之屋》荣获普利策奖，成了印第安裔小说的重大突破。后来又陆续发表了诗集《众鹅的天使》《葫芦舞者》、自传《名字》以及长篇小说《古代孩子》《文字之人》等。

（二）斯科特·莫马迪的小说分析

莫马迪的小说关注的焦点是印第安人的身份认同问题。他常采用蒙太奇的手法增添小说的神秘色彩。在他的小说作品中，比较具有代表性的是《黎明之屋》。

《黎明之屋》讲述的是一个印第安青年在第二次世界大战后从海外回到故乡却很难融入自己的家庭或白人社会的故事。小说的主人公艾贝尔从不知道自己的父亲是谁，母亲和兄弟也在他参军以前就已经去世。在第二次世界大战结束后，他回到了自己的家园，但是却发现自己已经不再习惯印第安人聚居地的部落生活。于是他决心重新回到白人社会中生活。艾贝尔找了份工作，为一个叫安吉拉·圣约翰的女白人当砍柴工。安吉拉是从洛杉矶来到此地开温泉浴池的，但主要还是为了从落寞中振作自己。艾贝尔与她发生了关系。后来，艾贝尔因不堪骚扰与人斗殴，并将对方杀死。为此，他受到了审讯，并判了6年监禁。出狱后，他进入一家工厂做工。在工厂里，他和一个叫本的纳瓦霍人结为朋友。一次，两个人被一个名叫马丁内兹的恶警拦截，并把本的工钱抢走，在艾贝尔身上一无所获后就把他揍了一顿。艾贝尔到处寻找马丁内兹以求报复，结果自己反被打得奄奄一息。本将奄奄一息的艾贝尔送到了医院，安吉拉也闻讯赶来探望，此时的艾贝尔开始确信他人生道路的最佳选择就是回到祖父身边。回到部落之后，他见到了不久于人世的祖父，在老人弥留的最后六天中，艾贝尔尽心服侍，老人也充分利用这最后的六个清晨，向孙子传授了必备的本土文化精华，希望他敢于接受印第安人的文化和传统。经过这次的再教育，艾贝尔向祖父做出新保证，他洗心革面，准备迎接即将来临的印第安民族仪式——拂晓赛跑。

在这部小说中，莫马迪极为真实地表现了印第安人在现代文明的冲击下顽强生存、同时努力成功地保全自身传统与民族个性的不屈精神，也对印第安人的自我发现与现代性进行了探讨。小说在写作形式上颇具新意，抛开了时间概念，打乱了时间顺序。全书由一个引子和“长发人”“太阳祭司”“黑夜吟唱者”和“黎明赛跑者”四个篇章组成。第一章和第四章以“熊村”这个吉米斯聚居部落为背景，第二章和第三章则以洛杉矶为背景，同时每章都穿插有许多的倒叙和回忆。小说中还浓墨重彩地描写了美洲印第安人的传统文化，如艾贝尔的祖父曾参加并夺魁的狩猎与收割竞赛、印第安人为祭祀神灵所进行的一年一度的猎鹰活动、以斗鸡比赛为开场式并以鞭打一名参赛者为获胜奖励的圣地亚哥大会餐、可使人精神康复的纳瓦霍夜曲、用木炭在比赛者双肩及双臂涂满色彩的拂晓赛跑等。通过这些描写，读者可以对印第安人的传统文化有更为深入的了解。

二、路易斯·厄尔德里奇

(一)路易斯·厄尔德里奇的生平与创作概况

路易斯·厄尔德里奇(Louise Erdrich,1954—)出生于明尼苏达州小瀑布城,长于北达科他州瓦帕登镇。父亲是德裔美国人,母亲是基奥瓦族人。1976年毕业于达特茅斯学院,1977年获约翰·霍普金斯大学硕士学位。1984年诗集《苒灯》问世,同年长篇小说《爱药》出版,并一举获得了全国书评界奖等五项大奖,她也因此成为闻名全国的印第安裔女作家。之后又陆续发表了小说《甜菜女王》《足迹》《赌博宫》《燃烧的爱情传奇》和《羚羊妻》等。

(二)路易斯·厄尔德里奇的小说分析

厄尔德里奇的小说关注的是现代印第安人和白人的生存危机和精神危机。她的代表作品是《爱药》。

《爱药》通过讲述1934年至1984年住在北达科他州印第安保留地的本土美国人家庭之间的爱与宽容的故事,对本土美国人面对主流社会的威胁和邪恶仍然按照自己的传统格局生活的历史过程进行了生动的表现。

小说中的主要人物是卡什普家族的四代人。每一代人的经历都有所不同。

第一代人的代表是玛格丽特·卡什普,她一辈子中只做过一个重大的决定,那就是将长子乃克特·卡什普交给政府被送去念书,但将幼子艾利·卡什普藏了起来。不同的生长环境使兄弟俩长大后产生了截然不同的品性,“乡下人”艾利老实忠厚,而“城里人”乃克特虽举止文明但工于心计,且毫无责任感。

第二代人的代表是乃克特·卡什普、玛丽·拉扎尔和露露·拉马尔丁,这三人构成了小说中的三角恋主体。玛丽早年时寄宿在修道院,后因与那里的修女利奥波尔达发生了冲突而离开。返家途中，她邂逅了乃克特·卡什普，两人为一只枕套你争我抢，进而发生了关系。实际上，乃克特爱恋的人是露露，但他最后还是娶了玛丽，之后生儿育女，又收养了小孩，全家人丁兴旺。后来，乃克特在母亲玛格丽特的参与下，精心筹划了一个计谋，那就是通过挪用另外两个亲戚托他保管的钱财保住自己的土地，但对那两家人却见死不救，任其土地尽失。玛丽是个坚强而富有爱心的女人，她将孩子们抚养成人，而她的养女琼由于童年时常遭众人白眼就恳求离家到林中与艾利叔叔同住。玛丽同意了，让她去走自己的路。玛丽还辅佐丈夫成为部族首领，甚至在利奥波尔达修女病重时还前去探望，原谅了修女对自己的不公。露露嫁给了老亨利·拉马尔丁，却与别人生了 8 个儿子，其中莱曼·拉马尔丁是她与乃克特偷情所生，但乃克特从来也没认过这个私生子。后来，她的宅基地被发现并非属于她本人，因而她必须搬家，于是乃克特以首领的身份给她送去收回通知，但他一不小心将通知单落到烟头上引燃，露露的房子被烧毁了。露露赶回家后，只来得及将孩子救出，从此与乃克特断绝了关系。乃克特晚年患了失忆症，而他的外孙为帮助依然痴迷露露的他回心转意，让他吞下了用火鸡心脏制成的印第安土方“爱药”，不想乃克特因此丧命。

第三代人的代表是琼·莫利塞·卡什普，但在小说中她并不是以活人的身份出场。琼幼年遭弃，在山林中艰苦度日，幸遇玛丽才感受到了母爱的温暖。为医治她的心灵创伤，玛丽准许她远离村人、与叔父相依为命，是叔父在山林中把她带大的。后来，她嫁给了戈尔迪·卡什普，但受尽了虐待，最终离婚分手。她与戈尔迪育有儿子金·卡什普，还与叫盖利·南普什的男人生有一子利沙·莫利塞。在她死后，金用她的人寿保险金买了一辆蓝色的“火鸟”牌汽车，从此这辆车就与她有了越来越多的牵连。后来，她的两个儿子用这辆车下注赌博，利沙获胜，赢回了汽车并把它驶回家来，此时琼与车子的关系得到了进一步揭示，即车子的回归象征着琼的灵魂终于从冷酷的世界回到了亲人的怀抱。

第四代人的代表是玛丽的孙女阿尔伯婷·约翰逊和利沙·莫利塞。阿尔伯婷跑出了居留地,并嫁给了一个天主教徒,这使得她和母亲的关系变得很糟。但是,她给冲突不断、饱受伤害的亲情带来了积极的影响,她的身上有一种抚慰人心的力量。而利沙生下来就没了娘,由外婆一手带大,他对自己身份的苦苦探求一直是主题表达的一条清晰线索。他就像是自己的祖先或土著巫师,具有给人疗伤的能力,并在失败的重压下学会了如何去爱和原谅。

小说中除了讲述卡什普家族爱与宽恕的故事外,还展现了部族内部的宗教矛盾和土地纠纷、平民百姓的酗酒和乱伦等,意在说明印第安社会出现令人担忧的分裂倾向。此外,小说的叙事角度十分特别,除第一章采用第三人称外,其余各章都以不同人物的第一人称方式叙述,每个人物都从自己的立场出发,讲述了自己眼中的别人,这种叙事手法使小说比较复杂,增加了读者阅读时的难度。

参考文献

[1]常耀信.精编美国文学教程(中文版).天津:南开大学出版社,2005

[2]常耀信.美国文学史.天津:南开大学出版社,1998

[3]陈世丹.美国后现代主义小说详解(中文版).天津:南开大学出版社,2010

[4]陈许.精编美国文学教程.杭州:浙江大学出版社,2009

[5]程爱民等.20 世纪美国华裔小说研究.南京:南京大学出版社,2010

[6]丁芸.英美文学研究新视野.杭州:浙江大学出版社,2005

[7]董衡巽.海明威研究.北京:中国社会科学出版社,1980

[8]董衡巽.美国文学简史.北京:人民文学出版社,1986

[9]董衡巽.美国现代小说风格.北京:中国社会科学出版社,1997

[10]盖建平.早期美国华人文学研究.天津:南开大学出版社,2014

[11]黄禄善.美国通俗小说史.南京:译林出版社,2003

[12]金莉.20 世纪美国女性小说研究.北京:北京大学出版社,2010

[13]匡兴.外国文学史(西方卷).北京:北京师范大学出版社,2010

[14]李维屏.英美意识流小说.上海:上海外语教育出版社,1996

[15]李文俊.福克纳评论集.北京:中国社会科学出版社,1987

[16]刘建军.20 世纪西方文学(第 2 版).北京:高等教育出版社,2007

[17]毛信德.美国小说发展史.杭州:浙江大学出版社,2004

[18]聂珍钊.外国文学史.武汉:华中师范大学出版社,2010

[19]盛宁.二十世纪美国文化论.北京:北京大学出版社,1993

[20]史志康.美国文学背景概观.上海:上海外语教育出版社,1998

[21]王长荣.现代美国小说史.上海:上海外语教育出版社,1992

[22]王家湘.20世纪美国黑人小说史.南京:译林出版社,2006

[23]王忠祥.外国文学史.武汉:华中师范大学出版社,2010

[24]吴元迈.20世纪外国文学史.南京:译林出版社,2004

[25]徐颖果,马红旗.美国女性文学:从殖民时期到20世纪.天津:南开大学出版社,2010

[26]杨仁敬,杨凌雁.美国文学简史.上海:上海外语教育出版社,2008

[27]杨仁敬.20世纪美国文学史(第2版).青岛:青岛出版社,1999

[28]张志庆.欧美文学史论.北京:科学出版社,2002